少年陰陽師

愁《うれ》いの波に揺れ惑《まど》え

結城光流

JN264288

15171

角川ビーンズ文庫

少年陰陽師

愁《うれ》いの波に揺れ惑《まど》え

彰子（あきこ）

左大臣道長の一の姫。強い霊力をもつ。わけあって、安倍家に半永久的に滞在中。

もっくん（物の怪）

昌浩の良き相棒。カワイイ顔して、口は悪いし態度もデカイ。窮地に陥ると本性を現す。

昌浩（安倍昌浩）

十四歳の半人前陰陽師。父は安倍吉昌、母は露樹。キライな言葉は「あの晴明の孫!?」。

六合（りくごう）

十二神将のひとり。
寡黙な木将。

紅蓮（ぐれん）

十二神将のひとり、騰蛇。『もっくん』に変化し昌浩につく。

じい様（安倍晴明）

大陰陽師。離魂の術で
二十代の姿をとることも。

登場人物紹介

朱雀（すざく）

十二神将のひとり。
天一の恋人。

天一（てんいつ）

十二神将のひとり。
愛称は天貴。

勾陣（こうちん）

十二神将のひとり。
紅蓮につぐ通力をもつ。

太陰（たいいん）

十二神将のひとり。風将。
口も気も強い。

玄武（げんぶ）

十二神将のひとり。
一見、冷静沈着な水将。

青龍（せいりゅう）

十二神将のひとり。
昔から紅蓮を敵視している。

天后（てんこう）
十二神将のひとり。
優しく潔癖な水将。

白虎（びゃっこ）
十二神将のひとり。
精悍な風将。

風音（かざね）
道反大神の娘。以前は晴明を狙っていたが、今は昌浩達に協力。

藤原行成
（ふじわらのゆきなり）
右大弁と蔵人頭を兼ねる。
昌浩の加冠役。

安倍成親
（あべのなりちか）
昌浩の長兄。暦博士。

藤原敏次
（ふじわらのとしつぐ）
昌浩の先輩陰陽生。

イラスト／あさぎ桜

この雨は、天意にそまぬ雨である。
ならば、天意はいずこに。

1

それは漆黒《しっこく》の闇《やみ》だった。
重圧感を伴《ともな》った闇の中に、音もなく現れた影《かげ》があった。
闇より暗い漆黒の衣《ころも》をまとった影は、鋭利《えいり》な眼差《まなざ》しをゆっくりとめぐらせた。
風がゆるやかに流れている。
陽《ひ》の光も届かない場所であるのに、空気が澱《よど》んでいないのは、絶《た》えず風があるからだ。
それは、僅《わず》かな熱を帯びた風だった。
彼は風下に向けて歩みだした。
かすかな足音が、闇の中に木霊《こだま》する。
光のない世界にあって、彼は危なげなく足を運ぶ。
やがて、彼は歩みを止めた。
風が吹《ふ》いている。
下方から吹き上がってくる気流が、肩《かた》につかない髪《かみ》を揺《ゆ》らす。
肩にまとった衣が風をはらんで大きく翻《ひるがえ》った。

ばさばさと音を立てる衣を後ろに払《はら》い、彼は眉《まゆ》をひそめた。

「…………地が、動くな」

低い声に、険《けわ》しさがにじむ。

彼の直感に訴《うった》えるものがある。警告だ。

風の吹き上がってくる闇を見下ろしたまま、彼は剣呑《けんのん》に目を細めた。

人界に異変の起こる予兆がある。

当代一と称《しょう》される老人は、果たして気づいているだろうか。

「……気づいているならばいいが、気づかずにいるならば、衰《おとろ》えの証《あかし》だな」

闇の中で腕《うで》を組み、口元に指を当てて、彼は低く唸《うな》った。

「人間たちの命運にかかわることは条理に外れるが……………」

人間だけでなく、この国の存亡にかかわるならば、そうも言っていられなくなる。

しばらく思案したのちに、彼は身を翻した。

風が吹いている。

闇の中に、その姿がふつりと消えた。

◆

◆

◆

文机《ふづくえ》について書き物をしていた昌浩《まさひろ》は、ふと顔をあげた。

「どうした、昌浩」

隣《となり》で丸くなっていた物《もの》の怪《け》が、上体を起こして首を傾《かし》げる。

ひょいと文机に前足をかけると、半分文字で埋《う》まった料紙が目に入った。

「お、結構見られる字になってきたなぁ。やっぱり毎日書いてると違《ちが》ってくるもんだな」

珍《めずら》しくほめ言葉を口にする物の怪なのだが、昌浩の反応がない。

昌浩は筆跡《て》の上手下手《じょうずへた》を非常に気にしている。いつもいつもできるだけ上手にと心がけながらも、気持ちに筆跡がついてこないのだ。それでも出仕しはじめた当時よりはずっときれいになった。

物の怪は訝《いぶか》しげに昌浩を見上げた。

「おい、聞いてるか?」

昌浩は東の空を見上げていた。手にしている筆は墨《すみ》をたっぷりと含《ふく》んでいて、それがぱたりと落ちる。記されたばかりの文字の上に大きな黒い点が描《えが》かれて、無残な姿になってしまった。

「あーあ、お前これは書き直しになるんじゃないのか?　おい、昌浩や一い」

何度か呼びかけて、さらに腕をつつくと、昌浩はようやく気づいた様子で物の怪を顧《かえり》みた。

「あ、ごめん。なに？」

「ぼうっとしてるなよ。せっかくほめてやったのに」

ぶつぶつ言いながら物の怪がついとさした箇所《かしょ》を見た昌浩は、目を剝《む》いた。

「あああああっ、せっかく書いたのに…」

墨の黒い点がいくつも落ちている。これでは書き直しだ。

唸りながら筆を置いて料紙をくしゃくしゃと握《にぎ》りつぶす昌浩に、半眼になった物の怪が胡乱《うろん》げに尋《たず》ねた。

「どうしたんだよ昌浩、何か気にかかることでもあったのか？」

新しい料紙を用意して筆を手に取り直し、昌浩は息をついた。

「うー…、や、なんとなく、なんだけど」

「うん？」

丁寧《ていねい》に運んでいるつもりでも筆が乱れる。昌浩は再び筆を置き、深呼吸をした。

心の乱れは字の乱れ。保存用の書き物なので、できるだけきれいに、丁寧に書かなければならないのだ。

緊張《きんちょう》しながら書いているので、肩が凝《こ》っている。両腕《りょううで》を腰《こし》の後ろで組んで肩を動かすと、小さく音がした。強張《こわば》った筋肉が少しほぐれたのが感じられる。

「姫宮《ひめみや》様は、どうしてるかな、て」

昨夜は姿を直接見ることはなかった。少しは元気になっただろうか。

「風音《かざね》が来たから大丈夫《だいじょうぶ》、だといいんだけどさ」

「大丈夫だと言っとったから、大丈夫だろう。六合《りくごう》もいるしな」

「そうなんだけど」

ただ、昌浩は思うのだ。

風音が来たからといって、本当に大丈夫なのだろうか。

何しろ、風音は内親王脩子《ないしんのうながこ》を利用して、黄泉《よみ》の瘴穴《しょうけつ》を穿《うが》った過去がある。風音自身がどうこうではなくて、脩子の心情はどうなのだろうかと、それが気にかかっている。

風音が自分を利用した相手だということを、脩子は果たして知っているのだろうか。

それを口にすると、物の怪は渋《しぶ》い顔をした。

その顔を見て昌浩はまずかったかと少し心配になったが、口にはしない。

瘴穴の中で起こったことは、昌浩も物の怪も人づてに聞いただけで、その現場を見ていないのだ。だから、風音と脩子の間にどんなやりとりがあってどんな感情の行き来があったのかも、わからない。

が、それを訊《き》くのはさすがにはばかられる。それは心の傷をえぐる行為《こうい》になる気がするからだ。

　そんなことを思っている昌浩に、しかし物の怪はあっさりと言った。

「それぱっかりはわからんなぁ。そのあたりは、気になるんだったら風音に直接訊くのが一番早いだろ」

「……………それはそうだけど、さぁ。もっくんは、それでいいと思うんだ？」

　物の怪の尻尾《しっぽ》がぴしりと揺れる。

「いいも悪いもないな。事実だからそう言ったまでだ」

　涼《すず》しい顔で言ってのけた物の怪は、ふいににやりと笑った。

「そういう細かいところに気が回るようになったのは、なかなかいい傾向《けいこう》だな。晴明《せいめい》の孫よ」

「孫言うなっ！」

　瞬間《しゅんかん》的に眉を吊《つ》り上げて抗議《こうぎ》した昌浩は、憤然《ふんぜん》と作業を再開した。

　物の怪は小さく苦笑して前足を交差させる。

　その背がぴくりと動いた。

　はっと瞠目《どうもく》した物の怪の尻尾が立つ。

「昌浩っ」

　物の怪が声をあげたと同時に、地面が縦に揺れた。

震動《しんどう》は、思いのほか長くつづいた。

それほど大きな揺れではなかったので、調度類が倒《たお》れたりはしなかったが、軒《のき》に下がった吊《つ》り燈籠《どうろう》や蔀《しとみ》を固定させる鉤《こ》が振《ふ》り子のように動いている。

青い顔をして縋《すが》りついてきた少女の頭を撫《な》でながら、風音はあやすように言葉をかけた。

「もう大丈夫。収まりましたよ、姫宮」

小さな肩《かた》を震《ふる》わせながら、内親王脩子はそろそろと顔をあげた。

「ほんとう…?」

「ええ」

頷《うなず》きながら、風音は不審《ふしん》なものを感じていた。

彼女は道反大神《ちがえしおおかみ》の娘《むすめ》だ。持っている力は、五行における地のそれである。大地の神気や気脈を感じ取ることは、他《ほか》の神々より優《すぐ》れているだろう。

そんな風音が、この地震《じしん》を察知できなかった。

揺《ゆ》れが生じて体感するまで、まったく感じられなかったのだ。

上がった半蔀の向こうを見やる。

降りつづく雨と雲のせいで、昼間だというのに薄暗《うすぐら》い。

この季節にしては肌寒《はだざむ》く、体調を崩《くず》さないようにと脩子には厚手の衣《ころも》をまとわせていた。

生地《きじ》が厚いと湿気《しっけ》を含んで重くなるのが難点なのだが、それは仕方がない。

「寒くない？」

「うん、へいき」

対屋《たいのや》には、脩子と風音以外はいない。脩子の命令で、風音以外すべて下がらせた。

そばに風音しか置かない脩子の行動は、他の女房《にょうぼう》たちの不満の種になってもおかしくないものだ。だが、久しぶりに参内《さんだい》してきたお気に入りとあっては、姫宮の我が儘《まま》も致《いた》し方ないものだろうと、みな自分を納得《なっとく》させているようだった。

もう少しして落ち着いたら、少しずつほかの女房たちにもついてもらうようにしようと、風音は考えていた。このままでは脩子が孤立《こりつ》してしまう。

その原因の一端《いったん》は、自分にもあるのだ。

ほかの誰《だれ》も寄せ付けないようにして、寂《さび》しさに搦《から》め捕《と》られた脩子の心を利用した。

風音には償《つぐな》う義務がある。

脩子は、風音が何をしたのかを、まだ幼すぎてよく理解できていないだろう。もっと成長して、知識と思考が追いついたとき、彼女は風音を裁くことができる。

「……」

それまでは、風音は脩子の近くにいようと決めていた。

利用した代わりに、今度は何があっても守ると、心に誓《ちか》った。

しばらく雨を眺《なが》めていた脩子は、立ち上がって簀子《すのこ》に出た。

「姫宮？」

腰を浮《う》かせる風音を振り返り、脩子は別の対屋を指差す。

「かあさまのところにいくわ」

いまの地震で不安がっているのではないかと、幼心に案じたのだろう。

風音は薄《うす》く笑って頷いた。


揺れが収まるまで、青くなって彰子《あきこ》は硬直《こうちょく》していた。

家屋がきしむ音がやけに大きく聞こえて、几帳《きちょう》や御簾《みす》が揺れる。

「お姫、顔色悪いぞ」

「平気か？」

「結構長かったなぁ」

猿鬼《えんき》一つ鬼《ひときたつき》竜鬼の三匹《びき》が、端座《たんざ》したまま硬直している彰子を囲んで口々に言い募《つの》る。

青ざめた顔で三匹を見下ろして、彰子はこくりと頷いた。

柱にもたれていた十二神将勾陣《こうちん》が、息をつきながら髪《かみ》を掻《か》きあげる。

「都で地震とは、珍《めずら》しいな」

　この平安の都は、地盤《じばん》が堅固《けんご》である。この地に遷都《せんと》を決めた桓武帝《かんむてい》は、四神相応の地であることと、過去に地震の被害《ひがい》が少ないことを考慮《こうりょ》したのだという。

　国家権力の中枢《ちゅうすう》である大内裏《だいだいり》を建造するのに、天災の起こる可能性が高い場所は相応《ふさわ》しくない。過去の記録を調べた上で、桓武帝はこの地に遷都することを定めた。

　それは、もう二百年以上も前の話だ。

　まだ十三歳の彰子にとって、二百年以上という年月は途方《とほう》もない長さに思われる。人間は、どれほど長命でも百年も生きられない。

　息を整えながら彰子は、立ったまま外の様子を窺《うかが》っている勾陣の横顔を見上げた。

　人間とは違《ちが》う十二神将。神の末席に連なる彼らは、数百年以上のときを過ごしているという。

「……ね、勾陣」

　呼びかけられて、勾陣は首をめぐらせた。

「なんだ？」

　軽く首を傾《かたむ》ける勾陣は、安倍《あべ》家の人間たちの誰よりも長身だ。

　見上げてくるのが難儀《なんぎ》だろうと気遣《きづか》ったのか、彰子の近くに腰《こし》を下ろす。闘将《とうしょう》である彼女の出《い》で立ちは機動性を重視しているので丈《たけ》が短く、両足の横側に切れ目が入っている。彰子がまとう衣装とはまったく違う形態だ。

「……勾陣は、こういう袿《うちぎ》は着ないの？」

己《おの》れのまとう衣を示す彰子に、勾陣は淡《あわ》く苦笑《くしよう》して見せた。

「必要があれば着てもいいが、さし当たっては必要がないからな。それに、こんな短い髪では、そぐわないだろう」

肩につくかつかないか程度のまっすぐな黒髪が、さらりと揺れる。

短くてもそれなりに似合いそうだと考える彰子の膝《ひざ》の辺りで、くぐもった唸《うな》り声がした。

『……く…苦…しい…』

彰子は瞬《まばた》きをして、はっと両手をあげた。

「ごめんなさい、大丈夫《だいじようぶ》!?」

膝の上で、鴉《からす》が一羽《いちわ》、ぐったりと翼《つばさ》を広げている。

地震に怯《おび》えて無意識のうちに、膝の上にいた鴉をぎゅうっと摑《つか》んでいたらしい。

鴉はよたよたと彰子の膝から降りると、床《ゆか》の上でしゃんと身を起こした。

『今後は気をつけるがよいぞ、娘。我はこれより姫《ひめ》の許《もと》に馳《は》せ参《さん》じる』

よたよたと出て行こうとする鴉の尻尾《しつぽ》を、雑鬼たちが摑んだ。

「そんなによたついてて、飛べるのか？」

「無理するなって」

「ここは安全だぞ。なんたって安倍晴明の邸《やしき》だからな」

なぜか誇《ほこ》らしげに胸を張る雑鬼たちを振り返り、鴉は地を這《は》うような唸りを発した。

『それくらい存じておるわ…！　我がここに参ったのは、これが初めてではない！』

三匹は目を丸くした。

鴉。人語を発する鴉の化生《けしょう》。

あっと声をあげたのは猿鬼だった。

「お前まさか、あのときの鴉⁉」

三匹が一斉《いっせい》に飛び退《ず》り、それから慌《あわ》てて彰子と鴉の間に滑《すべ》り込む。

「おおおおおおお姫に手出ししたら、容赦《ようしゃ》しねぇぞっ」

「そそそそそそそうだぞっ、痛い目見たくなかったら下手《へた》な真似《まね》はするなよなっ」

「おおおおお俺たちのこと舐《な》めるなよっ」

威勢《いせい》だけはいいが、三匹とも腰が引けて震えている。それでも彰子を守ろうと体を張るその心構えは賞賛に値《あたい》するだろう。

勾陣は口元を手のひらで覆《おお》って吹《ふ》き出しそうになるのを堪《こら》えた。ちらと見れば、唖然《あぜん》とした彰子が三匹と鴉を交互《こうご》に眺めている。

突然《とつぜん》敵対宣言をされた鴉は、訝《いぶか》るように一同を眺めやり、勾陣を見やった。

『十二神将、こやつらは何を言っているのだ。我を誰かと勘違《かんちが》いしているようだが…』

「そのようだな。お前の身の潔白は私が証明してやってもいいが、どうする」

『……十二神将に借りを作る、だと…？』

漆黒《しっこく》の面《おもて》に大きく『不本意』と書いてあるのが見えるようだ。が、雑鬼たちの三対《つい》の視線が死なば諸共《もろとも》、とでもいうような必死さと悲壮《ひそう》感を漂《ただよ》わせているのを認め、鴉は深々と嘆息《たんそく》した。

『致し方あるまい。おい、貴様たち。我の素性《すじょう》はそこの神将が知っている。無駄《むだ》な敵意は収めたほうが身のためだと知れ』

その尊大な口調が、猿鬼たちの癇《かん》に障《さわ》ったようだった。

「なんだとぅっ！」

「なんだその偉《えら》そうな言い草っ」

「ここまで連れて来てやったのは誰だと思ってるんだっ」

いきり立つ三匹を制するように、勾陣が手をあげた。

「落ち着けお前たち。あまりこいつを怒《おこ》らせるな」

鴉はふんとそっぽを向いている。

「だって式神ー！　こいつ生意気だ！」

生意気、という言葉に、鴉の背中がぴくりと動く。

勾陣は苦笑した。

「生意気などとは言うな。これは、出雲《いずもの》国は道反《ちがえし》に坐《いま》します道反大神《ちがえしのおおかみ》に仕《つか》えるものだ。そうだな、神獣《しんじゅう》といってもいいかもしれないぞ」

三匹は目を丸くして鴉を見た。漆黒の鴉はというと、すっくと立ってきりりと首をのばしている。

「――――ええええええええっ⁉」

三呼吸分ほどの間を置いて、雑鬼たちの絶叫《ぜっきょう》が轟《とどろ》いた。

雑鬼たちとは対照的に彰子は無言だったが、目を丸くしているので充分《じゅうぶん》驚《おどろ》いているのだろう。

鴉は偉そうに胸をそらした。

『わかったか、妖《あやかし》ども。我と貴様たちとでは格が違うのだ』

驚愕《きょうがく》の眼差《まなざ》しで鴉を凝視《ぎょうし》していた三匹は、しばらくして勾陣を顧《かえり》みた。

「なあ式神」

「つかぬ事を訊《き》くが」

「ちがえしのおおかみって、誰《だれ》？」

漆黒の鴉が崩《くず》れ落ちる。

「…っ」

さしもの勾陣も笑いを堪えきれずに肩《かた》を震《ふる》わせる。少し待てというように片手をあげて、そのまま顔を覆った。

そうだった。創世記紀は人間には重要だが、雑鬼たちには縁《えん》のない話なのだ。彼らが知っている神は、せいぜい三貴神と、都の北方を守護する貴船《きふね》の祭神くらいだろう。

一方の彰子は、最近物の怪から神様講座を開いてもらっているので、聞き覚えがあった。

「ええと、黄泉比良坂《よもつひらさか》の出口に鎮座《ちんざ》されている岩の神様よね？」

確かめる彰子に頷《うなず》いて、勾陣は鴉に振《ふ》り向いた。

「良かったな、嵬《かい》。知っている者がいたぞ」

『ええい黙《だま》れ十二神将っ！　それと、我らが大神を愚弄《ぐろう》するその妖ども、ここで成敗してくれようかっ！』

息巻く嵬に、三匹はなぜか上機嫌《じょうきげん》で近づいた。

「お、お前の名前は嵬なのか。俺は猿鬼。あのお姫につけてもらったんだぜ」

「俺一つ鬼。俺の名前もお姫がくれたんだー」

「俺は竜鬼だ。俺のもお姫がつけてくれたんだ」

先ほどまでの緊迫《きんぱく》した雰囲気《ふんいき》はどこへやら。漆黒の鴉を囲んでわいのわいのと陽気な三匹である。さしもの嵬も彼らに押され気味で、言いたいことがうまく出てこないらしい。

鴉を雑鬼たちに任せて、彰子は勾陣にそっと問いかけた。

「道反大神に仕《つか》える、て言っていたけど…」

彰子の面差《おもざ》しに、不安の色が浮《う》かんだ。

「また、何かあったの？」

胸の辺りを押さえるようにして問うてくる彼女の黒い瞳《ひとみ》には、恐《おそ》れと脅《おび》えに似たものが宿っていた。

勾陣は薄《うす》く微笑《ほほえ》んだ。

「彰子姫が不安に思うようなことはない。あれは、大事な姫がこの都にいるので、追いかけてきただけだ」

そうして勾陣は、彰子の頭をよしよしというように撫《な》でた。

「道反大神の娘《むすめ》だよ。しばらく滞在《たいざい》するようだし、いずれは対面する機会もあるだろう」

そのとき、建物がきしんだ。

地震《じしん》だ。

それほど大きくはないが、揺《ゆ》れはしばらく収まらない。

柱と壁《かべ》がきしむ音を聞きながら、彰子は青い顔で硬直《こうちょく》した。

都には地震がほとんどないので、ごく稀《まれ》に発生すると、体がすくんで身動きができなくなってしまうのだ。

天災の前では人間は本当に無力なので、本能が恐怖《きょうふ》するのだろう。

『むっ、こうしてはおれん!』

三匹に囲まれていた嵬は、かつかつと音を立てながら妻戸の外に出ると、大きく翼を広げた。

『姫の安否《あんぴ》が気にかかる、また会おうぞ十二神将っ!』

高らかに言い残し、漆黒の鴉は雨の中に飛び出していった。

鬼が出て行ってすぐに、揺れは収まった。

ほうと息をつく彰子を安心させるように、勾陣が背中を軽く叩《たた》いてくれる。

「大丈夫《だいじょうぶ》、ちょっと怖《こわ》かっただけだから…」

「無理をするな。地震は怖いものだろう」

「う…ん」

こくりと頷き、彰子は深呼吸をする。

勾陣は眉《まゆ》をひそめた。

一度ならず二度までも、地震を察知できなかった。

彼女は土将だ。大地の気脈というものに通じている。天一《てんいつ》や天空《てんくう》、太裳《たいじょう》もそうだが、地震などに関しては彼女たちの勘《かん》は相当研《と》ぎ澄《す》まされている。

それが、察知できないばかりか、震動《しんどう》の中に違和《いわ》感があった。

「お姫《ひめ》、大丈夫か？」

「俺たちもう少し一緒《いっしょ》にいてやろうか？」

「お姫が頼《たの》むんだったらいてやるぞ」

口々に言い募《つの》る雑鬼たちは、本気で彰子を心配してくれている。

彰子は笑って、しかし首を振った。

「ありがとう。でも大丈夫よ。勾陣もいるし、じきに晴明様もお戻《もど》りになるだろうから、心配ないわ」

「そ、そうか？」

「ならいいんだけどさ」

「でも、怖くなったらいつでも呼べよ、すぐ駆《か》けつけてやるからなっ」

「うん」

頷く彰子に、三匹は嬉《うれ》しそうに笑うと身を翻《ひるがえ》した。

ぱたぱたと出て行く雑鬼たちを見送りに、彰子は簀子《すのこ》に出る。

庭を通ってぴょんぴょんと塀《へい》を飛び越《こ》えながら、雑鬼たちは手を振っていた。

「まったなぁー」

簀子で手を振っていた彰子は、雑鬼たちが見えなくなると、ふと表情を曇《くも》らせた。

高欄《こうらん》に手をついて、静かに息を吐《は》き出す。

雨が降っている。ずっと太陽が姿を見せない。どんよりとした厚い雲が空を覆《おお》っていて、重苦しさで気が滅入《めい》ってくる。

彼女が何を思っているのか、勾陣にはわかる。

慰《なぐさ》めの言葉はいくらでも出てくるが、それは根本的な解決にはならない。
彰子に気取られないように息をつき、勾陣は腕《うで》を組んだ。
雨の中を出かけていった晴明の背が脳裏《のうり》に甦《よみがえ》る。
連日の、帝《みかど》の召請《しょうせい》。
一体なんの用なのだろう。

2

大内裏《だいだいり》に到着《とうちゃく》した藤原行成《ふじわらのゆきなり》は、かすかな揺れを感じて立ち止まった。

「またか……」

揺れが収まるまでその場に留《とど》まり、不自然に上がった呼吸を努めて整える。

行成とて地震は怖い。不動だと信じて疑うこともない大地が揺れるのだ。人知を超《こ》えた自然現象に対して、人間は無力なのだった。

揺れがあらかた収まったと判断し、行成は足早に内裏に向かった。

地震も怖いが、火事も怖い。

昨年夏に焼失《しょうしつ》した内裏の建造は、いま佳境《かきょう》に入っている。あっという間に広がった炎《ほのお》は内裏の大半を焼き尽《つ》くした。

再建は途中《とちゅう》までは順調だったが、この長雨で遅《おく》れている。その上地震による火災などが発生したらと思うと、気が気ではない。

雨で作業が中断している再建現場は閑散《かんさん》としていた。

用意された材木は筵《むしろ》で覆われているが、すっかり湿気《しっけ》を含《ふく》んでしまっている。乾《かわ》くまで作業再開は難しいだろう。

息をついて、行成は中務省《なかつかさ》に向かった。中務省と陰陽寮《おんみょうりょう》は隣接《りんせつ》している。中務省での用事を済ませたのちに、陰陽寮に足を向けるつもりだった。

用事を済ませた行成が簀子に出ると、巻物を抱《かか》えた安倍昌親《まさちか》がこちらに向かってくるのに気がついた。

向こうも行成に気づいた。軽く会釈《えしゃく》してくる。

簀子の端《はし》によって待っていた行成の許《もと》に、昌親は足早にやってきた。

「やあ、昌親殿。成親《なりちか》殿はちゃんと暦部で仕事をされているかな」

昌親は苦笑いを見せた。

「先ほど見かけた折には、一応真面目《まじめ》な顔で文机《ふづくえ》に向かっていましたが…」

行成はくすりと笑った。その姿が目に浮かぶ。

「行成様、この時刻に中務省にいらっしゃるということは、随分《ずいぶん》出仕が遅《おそ》かったのですね」

日々の政務を帝に奏上し、必要なときには裁量を仰《あお》いで中務省の官人に伝えるのが行成の役目だ。通常であれば中務省の侍従《じじゅう》が直接帝に拝謁《はいえつ》するのだが、今内裏までは距離《きょり》があり、内裏ほど広くはない。できるだけ今内裏に出入りする官人は少なくし、代わりに連絡《れんらく》を密にして効率的に政《まつりごと》を動かせるようにという道長の采配《さいはい》だった。

効率的だが、日々参内してから大内裏に出仕する行成の責務は増大している。

無意識についたため息を、昌親が指摘《してき》した。

「行成様、お疲《つか》れのようですね」

「ん？　ああ、まあ、それなりに、ね。………この雨がやんでくれれば、少しは心痛も減るのだが……」

薄暗《うすぐら》い空を見上げる行成の面差《おもざ》しに、悲痛なものがにじむ。

「行成様…？」

昌親が訝《いぶか》るのに気づき、行成は頭《かぶり》を振《ふ》って自嘲《じちょう》気味な笑《え》みを見せた。

「いや、あまりにも長雨がつづくので、気が滅入っているんだ。鴨川《かもがわ》の堤《つつみ》も、雨が続けば再び決壊《けっかい》する恐《おそ》れがある」

昌親は頷《うなず》いた。

「ああ…確かに。風の流れや雲の厚さを読んでいるのですが、やむ兆《きざ》しがどうにも見えません。まるで、いずこかの神が神意を示しているかのようですよ」

何気ない言葉だったが、行成は一瞬《いっしゅん》ひどく動揺《どうよう》した。

聡《さと》い昌親はそれに気づいた。

「行成様、何か…」

「あ、いや……。……なぁ、昌親殿」

「はい」

行成は再び天を仰ぎ、何かを堪《こら》えるようにして目を細めた。

「神の意とは、それは一体どこにあるものだろうか」

「………それは…私にも、わかりかねます。誰《だれ》にも測れない、だからこその神意なのかもしれません」

人の思惑《おもわく》など度外視したもの。それが神の意。

しばらく空を見つめたまま、行成は呟《つぶや》いた。

「……誰にも測れないもの、か。確かに、そうなのだろうな…」

万感《ばんかん》を込めた様子で嘆息《たんそく》し、次の瞬間《しゅんかん》行成はいつもの彼に戻った。

「すまない、詮《せん》無いことを言った」

「いえ…」

「引きつづき、雨のやむ兆しがないかどうかを調べてほしい。少しでも見えたら、すぐ報《しら》せてくれ。それと、止雨の祈念《きねん》も」

「はい。承《うけたまわ》りました」

一礼する昌親に頷き、行成はそのまま足早に去っていった。

のちほど正式な通達もあるだろうが、天文博士《はかせ》と陰陽頭《おんみょうのかみ》には行成の言葉を伝えておいたほうがいいだろう。

雨については昌親自身も気になっているので、指示がなくても調べるつもりでいた。

「本当に、いつになったらやむんだ、この雨は…」

空を見上げて呟いた昌親の傍《かたわ》らに、ひとつの神気が降り立った。

気づいた昌親は軽く目を瞠《みは》って振り返った。

徒人《ただびと》には見えない程度に神気を強めた十二神将天后《てんこう》が顕現《けんげん》している。

「久しぶりね、昌親」

「本当だね、天后」

昌親は嬉しそうに破顔した。安倍邸《てい》にいたころは、祖父晴明の近くにいつも彼女と青龍《せいりゅう》が控《ひか》えていた。幼い頃《ころ》は世話を焼いてもらったこともある。

父の吉昌《よしまさ》や伯父《おじ》の吉平《よしひら》にとって母代わりだった天一や天后だが、昌親と成親にとっては年の離《はな》れた姉のようなものだった。

「どうしたんだい。おじい様のそばを離れるなんて、珍《めずら》しいね」

天后は目を細めた。

「晴明様のご命令なの。先ほどの地震《じしん》で吉平や吉昌たちに怪我《けが》はなかったか、様子を見てきてほしいと仰って」

昌親は目を丸くした。

「おじい様が？　うーん、私たちをおじい様が気にかけてくださるのは、嬉《うれ》しいけど、なんだか意外だね」

「それはどういう意味なの？」

眉間《みけん》にしわを寄せる天后に、昌親は言葉を探して目を泳がせた。

「そりゃあ、おじい様にちゃんと愛されていたんだなぁという実感に少々戸惑《とまど》っているということさ」

背後から割り込んできた声に、ふたりは同時に振り返った。

「兄上」

「成親」

見れば、成親が笑顔で片手をあげている。

「おじい様の愛情はわかりにくいからな。わかりやすく示されると、それは本当に信じていいのかとつい身構えたくなる」

滔々《とうとう》とつづいた成親の主張に、さしもの天后も押し黙《だま》った。

一理ある。

彼女は晴明を侮辱《ぶじょく》されることに大変敏感《びんかん》に反応する。だから、大内裏でひそやかに流れている晴明に関する事実無根な風聞の類《たぐい》が耳に入ると、本人よりも激しい憤《いきどお》りを見せるのだ。

いや、当人である晴明は涼《すず》しい顔で聞き流すだけなので、怒りを見せるのはもっぱら天后であろう。

天后だけではない。聞けば確実に憤る太陰《たいいん》や玄武《げんぶ》たちが感情を爆発《ばくはつ》させるので、晴明自身は気がすんでしまうのだろう。

「成親、久しぶりね。奥方や子どもたちは息災？」

やわらかく目許《めもと》を細める天后に、成親も破顔した。

「ああ。元気すぎて、北にしょっちゅう叱《しか》り飛《と》ばされている」

「まるであなたの幼い頃のようね」

くすりと笑う天后に、成親は目をすがめて首を傾《かたむ》けた。

「そうだったか？」

母に叱り飛ばされた記憶《きおく》はほとんど、というより、ほぼない。父に叱咤《しった》されることは多少はあったが。

成親の記憶にある、自分を威勢《いせい》よく叱る声は、目の前にいるこの神将のものだ。

分別がつくまでの幼少期、安倍邸の広い敷地《しきち》を駆《か》け回って、入ってはいけないといわれていた森に入り込み、日が暮れるまで戻《もど》らなかったことがある。

捜《さが》しにきた神将たちが見つけたとき、成親は深い穴にはまっていた。

覗《のぞ》きこんだ拍子《ひょうし》に滑《すべ》り落ちたのだ。突《つ》き出ていた岩に引っかかったのでそこで止まったが、下手《へた》をすれば光が届かないほど深い穴底に落ちて、助からなかっただろう。

そのことを指摘すると、成親は合点《がてん》がいった様子でしみじみと頷いた。

「ああ、そういえばそんなことがあったなぁ。うちは人外魔境《まきょう》だが、よもや地の底まで続くような深い穴まであるとは思わなんだ」

「そんなに深い穴があるんですか？」

成親と違《ちが》って腕白《わんぱく》ではなかった昌親は、目を丸くして聞き返す。

「ああ、お前は知らないのか。もっとも、父上もご存じないかもしれんしな。見かけによらず深い森で、入ってはいけないと言われていた意味がよくわかった」

たまさか冒険《ぼうけん》心を起こして入り込んだはいいが、予想以上に木々が生い茂《しげ》っていて、なかなか進めなかった記憶がある。

「一緒《いっしょ》に落ちたはずの小石が底に当たった音が聞こえなかったからな。相当深いはずだ。もっとも、自分のことで手一杯《いっぱい》で、聞き漏《も》らしたのかもしれないが」

光の届かない穴底は、話に聞いていた根の国の深淵《しんえん》の闇《やみ》のようにも思えた。

まだ十にもなっていない頃だ。闇を怖《こわ》いと思ったことはなかったが、底の知れないあの暗闇《くらやみ》だけはぞっとした。

「どのあたりなんですか？」

安倍邸の敷地の北東側にある森は、外側からよく眺《なが》めた。森の横に野菜を作る畑と蔵《くら》があるので、畑に水撒《みずま》きをしながら好奇《こうき》心が駆《か》り立てられたものだ。ただ、成親と違って昌親は森に入ることはしなかった。

成親が行方《ゆくえ》知れずになったとき、両親と祖父が血相を変えて捜し回っていた姿を見ていたので、自制心が働いたのだ。

それを口にすると、成親は豪快に笑った。

「聞いたか天后、俺の腕白も役に立ったな」

天后は額に手を当てて渋《しぶ》い顔だ。

「笑い事じゃないわ…。あのときは、みんな本当に心配して、大変だったのよ」

「わかってるわかってる」

「本当にわかっているのかしら？」

「疑《うたぐ》り深いなぁ」

「日頃《ひごろ》の行いが災《わざわ》いしていると思いなさい」

ぴしゃりと断言されて、成親は参ったなというように苦笑《くしょう》する。

天后は別に怒っているわけではないのだ。ただ、性格が生真面目《きまじめ》で、直情な物言いをするので、きつく聞こえることがある。

彼女は安倍晴明が何よりも大切で、その晴明が大切にしている家族たちのことも心から大切に思っている。成親も昌親も、物心つく前からそれを肌《はだ》で感じてきた。

三歳で見鬼《けんき》の才を封《ふう》じられて、十年間徒人《ただびと》同然で過ごした昌浩と違い、成親昌親兄弟は神将たちを常に身近に感じてきた。騰蛇《とうだ》以外の神将たちとは、昌浩よりよほど近しい感覚であるかもしれない。

「いまもあの穴はあるのかな？」

成親の言葉に、天后はあごに手を当てて考えるそぶりを見せた。

「おそらくあるとは思うけれど…。私たちも森に入ることはないから、どのあたりにあったのかは覚えていないの」

結界などで囲まれているわけではないのだが、特に用事もないので足を踏み入れることがないのだ。

「そうか」

いまだったら、もう少し冷静に穴の底を探検できるかもしれないが。場所がわからないのではどうしようもない。穴を探して、幼少期のように滑り落ちでもしたら命にかかわるだろう。

あの時は、体が小さくて軽かったから事なきを得たのだ。

「随分《ずいぶん》気になっているんですね。もう二十年近く前でしょう？」

「そうなんだよなぁ。二十年近くも前なんだよ。俺もお前も歳を取るわけだ」

わざとらしく肩《かた》を揉《も》みながら息をつく成親に、天后が呆《あき》れ気味だ。

「晴明様の前でも同じ会話ができて？」

「……遠慮《えんりょ》しよう」

何しろ相手は齢《よわい》八十を数える老人だ。この時代にしては恐《おそ》ろしいほどの長命。妖《あやかし》たちが祖父のことを「自分たちと同じ括《くく》り」とうそぶくそうだが、半分当たっている気がする。

神将と兄の歯に衣着《きぬ》せない会話を楽しそうに聞いていた昌親は、ふと気になって尋《たず》ねた。

「そうだ。天后、この雨がいつやむか、おじい様は何か言っていなかったかな？」

天后は瞬《まばた》きをした。

「……雨？」

成親と昌親の感性に、何かが触《ふ》れた。

天后の表情は変わらない。だが、一瞬確かに何か反応があった気がした。

「そう。雨が長すぎて、鴨川《かもがわ》の堤《つつみ》が決壊《けっかい》しただろう？　対処が早かったから大事にはいたらなかったが、このまま雨が続くと再び決壊する危険性がある。おじい様のお考えはどうだろうかと思って」

昌親の言葉を最後まで聞いた天后は、かすかに目を伏《ふ》せた。が、すぐに薄《うす》く微笑《ほほえ》む。

「晴明様は昨日占《せん》じていらしたわ。私たちには式盤《ちょくばん》の結果は読めないから、どういう結果が示されたのかはわからないけれど」

「そうか……」

陰陽頭《おんみょうのかみ》の指示のもと、天文博士《はかせ》である吉昌が試算していたが、それよりも高い的中率を誇《ほこ》る安倍晴明の占術だ。天文部より祖父のほうが正確に予見できるのではないかという気がしている。天文生としては、それでは良くないのだが。

精進《しょうじん》しないとなぁと心中で呟《つぶや》いて、昌親は踵《きびす》を返した。

「私はそろそろ部署に戻ります。兄上も、早く暦部にもどらないと、暦生の皆様《みなさま》が捜しに来るんじゃありませんか？」

「おっと、そうだった。じゃあな天后、久しぶりに会えて嬉《うれ》しかったよ」

「私もよ。ふたりとも、体調を崩《くず》したりしないように、気をつけて」

それだけ告げると、天后はふっと隠形《おんぎょう》した。

成親と昌親は肩を並べて渡殿《わたどの》を進む。

「そういえば、天后は何をしに来たんだ？」

「地震があったでしょう。それで、家族たちが無事かどうか、確かめてきてほしいとおじい様に頼《たの》まれたそうです」

「そういうことか」

ふたりが会話しているところに通りかかったので、その辺りは聞けなかったのだ。

「地震、けっこう大きかったな」

「そうですね、あれほどの揺《ゆ》れは……」

言いかけた瞬間《しゅんかん》、渡殿がぐらりと揺れた。

ふたりは足を止め、息を詰《つ》める。大の大人《おとな》でも地震は怖いものだ。

渡殿が揺れてきしむ。それほど激しくはないが、長い。

鼓動を二十数えて、ようやく揺れは収まった。

成親は息をついた。

「……おいおい。一日にこう何度も揺れるとは、さすがに異常じゃないのか」

都は地震の少ない地だ。ごくたまに生じることはあっても、ここまで頻発《ひんぱつ》することはない。

それが、今日だけで一体何度地震が起こったか。

「天文部の見立ては？」

成親の表情が、陰陽師のそれになっている。昌親は思慮《しりょ》深い顔をした。

「まだ、なんとも。天文博士だけでなく、陰陽博士と助《すけ》と頭《かみ》も、過去の記録を紐解《ひもと》いて、この天災の意を探《さぐ》っているところです」

ふたりの間に緊迫《きんぱく》したものが流れた。

「……何かの兆《きざ》しでなければいいが」

「ええ。私も、それを願っています」

天災は、天が地の過《あやま》ちを罰《ばっ》するため、または道を外れたことを糾弾《きゅうだん》するために起こるのだ。

そして、天が裁くのは、人では裁けない至高の位につく存在である。

東の空を見やり、成親は声をひそめた。

「……今上《きんじょう》は、天を立腹させるようなことなど、されていないはずだがな……」

雲で覆《おお》われた空は薄暗《うすぐら》く、陽《ひ》の傾《かたむ》き具合で刻限を計ることができない。

「いま、何刻あたりだ？」

どうどうと音を立てる鴨川の川べりを歩きながら、見張りの役人は渋い顔をした。

「申《さる》…いや、そろそろ酉《とり》の刻じゃないのか。くそっ、晴れていれば見当がつくんだが」

藤原行成の命を受けて、派遣《はけん》された者たちだ。雨の中、蓑《みの》をまとって視察に来たのである。

先日決壊したばかりの堤は、何十もの土嚢《どのう》が積み上げられている。だが、叩《たた》きつけてくるような雨で水かさを増した川は、いまにも土嚢を越《こ》えてあふれそうに見えた。

「まずいな…。このままだと、じきに水があふれるぞ」

「人足を呼ぶんだ。土嚢をさらに積み上げて、水をせき止めないと」

急がなければ大変なことになる。

彼らは身を翻《ひるがえ》した。

その瞬間、地面が揺れた。

「うわっ、またか…！」

大地が震《ふる》える。

今日だけでこんなにも地震が起こるとは。

長雨といい、鴨川の決壊といい、凶兆《きょうちょう》ではないのだろうか。

「……主上《おかみ》は、何をされているんだろう」

ぽつりと、片方が呟いた。それを聞きとめたもう一方が青ざめる。

「おい、迂闊《うかつ》なことを言うな」

慌《あわ》てて周囲を見回す。

危険な川沿いには近づかないようにという触れを出してある。都人が鴨川に来ることはないはずだ。それでも、第三者に聞かれでもしたらという不安が、過剰《かじょう》なほどの警戒《けいかい》心を募《つの》らせるのだ。

「俺たち以外誰《だれ》もいないからいいようなものの……。誰かに聞かれでもしたら、不敬の罪でお咎《とが》めを受けるぞ」

「こんな雨模様で、誰かが来るわけもないだろう」

それでも、雨に紛《まぎ》れる程度に声量を落として、役人は言った。

「……おかしいと思わないか。梅雨《つゆ》はとうに終わっているはずなのに、こんなに雨が続くなんて。秋の長雨といっても、長すぎる」

同僚《どうりょう》の言葉に、もう一方の役人は言葉に窮《きゅう》した。彼とて、まったく同じことを考えていた。

乞巧奠《きこうでん》を過ぎれば秋の盛りだ。

嵐《あらし》が雨を運んでくるのならばまだわかる。だが、秋の嵐はまだ訪《おとず》れていないのだ。

にもかかわらず、ひと月以上も雨がつづいている。その間一度として、太陽が顔を覗《のぞ》かせたことがない。

日照りでも、雨でも、過ぎればそれは災《わざわ》いだ。特に、この季節の異常気象は、作物の収穫量に多大な影響《えいきょう》を及《およ》ぼす。

「まるで、古事記にある天岩戸《あまのいわと》のようだと思わないか」

天岩戸に天照大御神《あまてらすおおみかみ》が隠れてしまったため、世界は昼でも夜闇のままだったという。

「あの雨雲の向こうには、ちゃんと陽が出ている。考えすぎだ」

陽が出ているのだと、かろうじてわかる程度には、日中は明るい。それでも、室内では一日中燈台《とうだい》が必要なほど薄暗いのだ。

いっそ秋の嵐が訪れてくれたほうが、雨雲を一掃《いっそう》してくれそうだ。

「くだらないことを言っていないで、大内裏《だいだいり》に戻《もど》るぞ。行成様に現状のご報告を…」

先に行きかけていた役人は、何気なく川に目を向けて、そのまま動きを止めた。彼を追おうとしていたもう一方がそれに気づき、不審《ふしん》げに眉《まゆ》をひそめる。

「どうしたんだ？」

同僚に倣《なら》って川を見た役人は、どうどうと音を立てている激流に目を凝《こ》らした。

「……何もないようだが…」

呟く役人の耳に、同僚の呟きが届いた。

「……いま…」

のろのろと指をさし、同僚は怪訝《けげん》そうに目を細めた。

「川面《かわも》に、何かが泳いでいたような……」

「は？」

思わず同僚の顔をまじまじと見つめて、役人は声をあげた。

「あの激流を、泳いでいた？　目の錯覚《さっかく》だろう」

「そうだと、思うんだが……」

ぐらりと、地面が揺れた。またもや地震だ。

縦に地面が揺れる。少し大きい。腰《こし》を落として揺れが収まるのを待っていたふたりは、何かが水を撥《は》ね上げたような音を聞いた。

土嚢に打ち寄せた水が飛沫《しぶき》を上げている。隙間《すきま》なく積み上げられた土嚢が、かすかに震えているように見えた。

「まずい、破れる寸前だ」

堤《つつみ》が完全に決壊《けっかい》すれば、都に鴨川の濁流《だくりゅう》が流れ込む。雨のやむ気配が一向に見えないこの状況《じょうきょう》で都が水浸《みずびた》しになったら、完全に復旧するまでどれほどの日数がかかるのか。

「俺は人足を呼んでくる、お前は行成様のところへ！」

都のほうを目指して駆《か》けだした同僚の背が離《はな》れていく。

役人は少しためらったが、言われたとおりに身を翻した。

ぐらりと、地面が揺《ゆ》れる。

「地震…っ」

ぐらぐらと、地面が。――――堤と、亀裂《きれつ》を埋《う》めた土嚢の山が震える。

「水が…っ」

濁流が堤を越えて押し寄せてきた。

彼はそう思った。だが、予想に反して、彼の目を金色の輝《かがや》きが射た。

「え……?」

驚愕《きょうがく》が彼の足を地に縫《ぬ》いとめる。

目を見開き、彼は見た。

凄《すさ》まじい流れの中から躍《おど》り出た、長大な光り輝く金色の龍《りゅう》を。

3

建物がきしむ。

「収まった…？」

何度目かの地震が静《しず》まるのを待っていた彰子は、揺れを感じなくなったことを受けて呟《つぶや》いた。

近くにいてくれている勾陣が頷《うなず》く。

「ああ、もう大丈夫《だいじょうぶ》だろう」

彰子はほうと息をついた。

「大きくはないけど、こんなに何度も起こるなんて、変よね。何かの前触《まえぶ》れじゃないといいけど……」

じきに酉《とり》の刻だ。

昼間に出かけていった晴明はまだ戻らない。

雨雲のせいで薄暗いが、本来はまだ明るい時分のはずだ。

「晴明様、遅《おそ》いわ。どうされたのかしら」

「まぁ、帰りも送ってもらえるだろうから、それほど案ずることもないだろう。帝《みかど》の召請《しょうせい》だ、長引くこともあるさ」

努めて明るい口調で勾陣が話すのは、彰子の心を気遣《きづか》ってくれているからだ。それがわかるので、彰子は申し訳なさを覚えつつ、頷いた。

「昌浩も、今日は遅いのかしら…」

大内裏の方角に目をやる彰子の横顔は、憂《うれ》いを帯びている。帰りが遅くなることを案じている以上に、彼の心を思いやっているのがわかる。

勾陣はそっと息をついた。

なるほど。確かに、この状況でそ知らぬ顔をしつづけるのはなかなか苦しいものがある。特に昌浩のそば近くにいつもいて、これを間近で見つづけてきた物の怪は、相当つらい想《おも》いを抱いていただろう。

あれにしては本当によくやったと、勾陣は胸中で呟く。

「…………」

勾陣の瞼《まぶた》が震えた。

人間には感じられない程度の微震《びしん》だ。実は、彰子が気づいていないだけで、微震は相当生じている。

彰子に気取られないよう思案していた勾陣は、雨の向こうから近づいてくる車の気配を感じた。

「ああ、戻ってきたようだ」

「晴明様？」

振《ふ》り返る彰子に頷く。

出迎《でむか》えのため、彰子は立ち上がった。


門前で牛車《ぎっしゃ》から降りた晴明に、牛飼い童《わらわ》が傘《かさ》を差しかけようとした。貴人が使う大きな傘だ。主《あるじ》を雨から守るために傘を差しかける随身は、己《おの》れは蓑《みの》を着て雨に打たれる。

「気遣いは無用だよ」

好々爺然《こうこうや》と笑う晴明に、牛飼い童はですがと言い澱《よど》む。

責任を持って送り届けよと、左大臣から命じられている。もし万が一、雨に濡《ぬ》れたことでこの稀代《きたい》の大陰陽師《だいおんみょうじ》が体調を崩《くず》しでもしたら、重罪だ。

晴明は声を立てて笑った。

「心配はない。この晴明、雨をよける術くらい心得ておるのでな」

老人がそう告げたかと思うと、彼を包む丸い繭《まゆ》でもあるかのようにして、雨滴《うてき》がすべて弾《はじ》かれた。

「雨でだいぶぬかるんでいる。帰り道、気をつけられよ」

呆気《あっけ》に取られて声も出ない牛飼い童に一声かけて、晴明は門をくぐる。

彼が敷地《しきち》に入ると、門扉《もんぴ》は音を立ててゆっくりと閉まった。

牛飼い童は茫然と呟いた。

「……門が…ひとりでに…」

稀代の大陰陽師安倍晴明は、式神を自在に操《あやつ》るという。ではこれも、目には見えない式神の仕業《しわざ》か。

「はぁー……。凄《すご》いもんだ」

噂《うわさ》には聞いていたが、これほどとは。

妖《あやかし》を退治したとか、様々な占《せん》で未来を予測したとか、箱の中身を言い当てたとか、話は色々と聞き及《およ》んでいるが、その一端《いったん》をじかにこの目で見られるとは。

雨の中を送るのは難儀《なんぎ》だったが、滅多《めった》に見られない晴明の術を目撃《もくげき》できたから、よしとしよう。

牛車の向きを変えて戻《もど》っていく牛飼い童の足取りは軽かった。

水溜《みずたま》りを器用によけながら門《と》に向かう晴明に、傍《かたわ》らに隠形《おんぎょう》した神将の声が届く。

《晴明様、どうなさるのですか》

「うん……」

老人の眉間《みけん》にしわがよる。

「……少し、考える。お前たちも、ほかの者たちに今内裏《いまだいり》でいかな話がなされたかは、伏《ふ》せておいてくれ」

《はい》

返答は天后のものひとつだけだったが、随従《ずいじゅう》している青龍も聞き入れているはずだ。

「さて、どうしたものかのぅ……」

呟きながら門《と》を開けた晴明は、衝立《ついたて》の前に端座《たんざ》している彰子を見て目を丸くした。

「彰子様」

驚《おどろ》きを隠せないでいる晴明に、彰子は微笑《ほほえ》んで一礼する。

「お帰りなさいませ、晴明様」

「これはこれは、彰子様自らお出迎えとは、豪勢《ごうせい》ですなぁ」

相好を崩す晴明ににっこりと笑い、彰子は立ち上がった。

「念のため、手ぬぐいをご用意したのですけれど……」

雨の中を戻ってきたはずなのに、晴明はどこも濡れていない。

不思議そうな目をする彰子に、晴明は種明かしをしてみせた。

「十二神将に命じて、雨をよけながら戻ってきたのですよ。便利でしょう」

「まぁ」

目を丸くする彰子の様子に、隠形している天后はくすりと笑う。その気配を、彰子は察知した。

「晴明様の、左後ろのところにいる……？」

小さな呟きを聞きとめ、晴明は目を細めて頷く。

「左様。さすがですな」

「あ、いえ。……あの、晴明様」

「はい？」

沓《くつ》を脱《ぬ》いで上がってきた老人は、物言いたげな様子の彰子に目を向ける。

彰子はしばらく言い澱んでいたが、そっと息をついて首を振った。

「いえ、なんでもありません。大したことではないので」

「些細《ささい》なことならば、そのようなお顔はされますまい。どうされましたか？」

晴明の声音《こわね》は優《やさ》しい。そこに甘えてしまいたくなる。この安倍邸《てい》に来てからずっと、安倍家の人間たちの優しさに彰子は守られている。

「……あの、晴明様に伺《うかが》うのが正しいのかはわからないのですが」

「はい？」

「地震《じしん》が、あまりにも多いので、少し…気になって」

晴明は瞬《まばた》きをした。

と、彰子の後ろに、勾陣が顕現《けんげん》した。

「遅かったな、晴明」

「おお、勾陣。うん、主上《おかみ》の話が少し長引いた」

己《おの》れに仕《つか》える式神に声をかけ、晴明は彰子に視線を戻した。

「地震については、この晴明も気にかかっております。これより調べてみますので、お答えは少しお待ちいただけますかな？」

晴明の申し出に、彰子はとんでもないというように首を振った。

「いいえ。私のことは気になさらないでください。少し、怖《こわ》くて、それで……」

うんうんと頷《うなず》いて、晴明は好々爺然とした笑《え》みを浮《う》かべた。

「恐《おそ》れるお気持ち、よくわかります。何せ、いまは亡《な》き我が妻も、それはそれは怯《おび》えておりました」

妖が怖くてたまらないのに見鬼《けんき》の才があるおかげでしょっちゅう遭遇《そうぐう》していた若菜《わかな》は、地震と雷《かみなり》も嫌《きら》いだった。

晴明も地震は好きではないが、身を硬くして声もなく震《ふる》えている妻を見ると、自分がしっかりしなければという使命感に駆《か》られたものだ。

そして、親友だった榎笠斎《えのきりゅうさい》は、晴明とは対照的に地震などまったく恐れていなかった。恐れていなかったというより、達観していた節がある。どんなに恐れようと怯えようと、地震が起こってしまったら揺《ゆ》れが収まるまで人間には何もできないのだから、騒《さわ》ぐだけ労力の無《む》駄《だ》だという持論だったのだ。

さすがに地震で死ぬのはごめんだが、都は堅固《けんご》な土地だから、ここにいるかぎり地震でどうにかなることはないだろう。

なぜか偉《えら》そうにふんぞり返りながらそう断言していた姿を、晴明は懐《なつ》かしく思い起こした。

こうやって昔の記憶《きおく》を手繰《たぐ》るようになったのは、つい最近だ。

この年までずっと、思い出すと胸の奥が重く痛んでやりきれない感情が広がるので、それが嫌《いや》で努めて忘れようとしていた。

「それに、彰子様。これは内緒《ないしょ》の話なのですが、この邸はいろいろと細工がされておりますので、地震が起ころうとびくともしません。ご安心を」

「細工、ですか…？」

「はい。それはもう、いろいろと」

物理的にも、術的にも、ありとあらゆる対策が施《ほどこ》されているので、地が割れるような大地震でも起きない限り、大丈夫《だいじょうぶ》だ。

「この晴明が生まれる前から、そうなのです。だから、怖がらなくても大丈夫なのですよ」

本能的な恐怖《きょうふ》はいかんともしがたいが、それを知っていれば少しは安心できるだろう。

彰子はほうと息をついた。

「そう、ですか。安心しました」

ほっとしたように笑う彰子に、晴明は口元に人差し指を立てて見せる。

「くれぐれも、内緒ですぞ。実は吉昌や昌浩にもまだ話していないのです」

「えっ？」

「そろそろ話す頃合《ころあ》いかと思っているのですが。まぁ、おいおいに」

にんまりと笑う晴明は、まるで悪戯《いたずら》を企《くわだ》てている子どものようだ。

それまで沈黙《ちんもく》していた天后が、晴明にささやいた。

《晴明様。いつまでこのような寒い場所で話をされるおつもりですか。晴明様もですが、彰子姫《ひめ》にとっても、冷えるのは好ましくありません》

晴明は目をしばたたかせた。

言われてみれば確かにそうだ。自分もだが、彰子に大事があってはならない。

「さて、部屋に行きますか。彰子様、お気遣《きづか》いありがとうございます。その手ぬぐいは、昌浩のためにとっておいてくだされ。あれはわしと違《ちが》って、ずぶ濡《ぬ》れで帰ってくるでしょうから」

晴明の言葉に、彰子の瞳《ひとみ》が一瞬揺《ゆ》れた。

「……はい。そうします」

こくりと頷く彰子に一礼して自室に向かいながら、晴明は険しい表情を浮かべた。

「……勾陣」

彰子の背後に控《ひか》えていた勾陣が、晴明に視線を投げる。

彼女は黙《もく》したまま目で応じた。晴明も目だけで返す。

自室に戻った晴明は、深く嘆息《たんそく》して文机《ふづくえ》の前に腰《こし》を落とした。


ざあざあ降りだ。

「うーん、雨、やまないよなぁ」

濡れ鼠《ねずみ》で朱雀《すざく》大路を歩いていた猿鬼が、ひょいと空を見上げて手をかざす。

「だなぁ」

「うん。ま、俺は嬉《うれ》しいけどな。じめじめしてたほうが調子がいいし」

いい加減辟易《へきえき》した様子の一つ鬼と違って、竜鬼は上機嫌《じょうきげん》だ。

夕刻の朱雀大路は、雨のせいで通行人がひとりもいない。

もう少しすると、退出した貴族たちが牛車《ぎっしゃ》や徒歩で帰る姿が見られるだろう。

「さっきの鬼って奴《やつ》、どこに行ったんだ?」

「さぁ?」

首を傾《かたむ》けた猿鬼が何気なく視線を滑《すべ》らせると、雨を受けた漆黒《しっこく》の塊《かたまり》が、雑鬼たちがやってきた方角へ飛んでいくのが見えた。

「あ」

猿鬼が指す方を見て、一つ鬼と竜鬼は首を傾けた。

「どこに行くんだろうなぁ」

「姫がどうのっていってたし、あっちにいるんじゃないのか？」

「はー、そうかぁ。なにがどうなってるのかは知らないけど、あいつもきっと大変なんだな」

雨の中をへろへろと飛んできて、自分たちの前に降下してきたのだ。おそらく、かなりの距《きょ》離《り》を移動して、体力が尽《つ》きたものだと思われる。

「雨の中を飛ぶなんて、凄《すご》く大変そうだけどなぁ」

雑鬼たちには仲間内に鳥妖《ちょうよう》が何匹かいる。その中の魑鳥《ちどり》は、雨が降るとじっとしているようだ。雨風を凌《しの》げるところでのんびり時を過ごし、雨がやむと元気一杯に夜闇《よやみ》の中を飛び回る。

だが、ずっと雨続きなので、魑鳥は最近外に出てこない。

先日細蟹《ささがに》の親仁《おやじ》に尋《たず》ねたところ、以前彰子が滞在《たいざい》したあの無人の邸にいるということだ。飛ばないと体がなまるので、壁《かべ》や柱にぶつからないように飛んでいるらしい。

ふいに、地面が揺れた。

「あ、まただ」

竜鬼が声をあげ、猿鬼と一つ鬼は黙《だま》って揺れが収まるのを待った。

「大した揺れじゃないからいいけど、こんなに地震が起きるなんて、都始まって以来じゃないのか？」

雑鬼たちは長命だ。平城京から平安京に遷都《せんと》された直後くらいからずっと生きているものもいる。

「どうなってるんだろうなぁ。昌浩だったらわかるかな？」

しかつめらしい顔をする一つ鬼に、猿鬼はううんと唸《うな》った。

「どうだろうな。昌浩よりかは晴明のほうがいいんじゃないか？」

「でもさぁ、さっき出てきたばっかりなのに戻《もど》ったら、あのおっかない式神が出てきて怒《おこ》りそうじゃないか？」

いつも不機嫌《ふきげん》そうな顔をしている十二神将を思い描《えが》き、三匹《びき》は苦いものを食べたような顔になった。

「……訊《き》くんだったら、昌浩のほうが、いいよ」

ぽつりと呟《つぶや》く竜鬼に、猿鬼と一つ鬼は賛同した。

「そろそろ退出する頃《ころ》だろうし、大内裏《だいだいり》の近くまで迎《むか》えに行ってやろうぜ」

「久しぶりだな」

「みんなを集めるか」

素敵《すてき》な思いつきだ。わくわくしてくる。

踵《きびす》を返して大内裏を目指そうとした三匹は、再び地面が揺れたのに気づいた。

「わっ、またか」

地面が大きく震える。そして、大きな池のようになっている朱雀大路が、まるで水面のように波打った。

「え…?」

地面が、波立った。

本能的に何かを感じ、三匹は後退《あとずさ》る。

「なんだ……?」

雨の波紋《はもん》とは別の波紋が、大きな水溜《みずたま》りの表面に生じる。

朱雀大路のちょうど中央部分が、大きく波立ち水柱を噴《ふ》き上げた。

「何か、出てくる…!?」

三匹は身を寄せ合った。

雑鬼たち以外誰《だれ》もいない朱雀大路。大きな水溜りの中から、地を揺《ゆ》るがしながら、金色の龍《りゅう》が躍《おど》り出た。

「ひえぇぇえっ!」

度肝《どぎも》を抜《ぬ》かれた三匹は、文字通り飛び上がった。

彼らのことなど意にも介《かい》さず、金色の龍は朱雀大路を泳ぎ回る。そう、泳いでいるのだ。

大路から現れた龍は、魚が跳《は》ねるように水から躍り出て、すぐに大路に飛び込む。長大な龍身をくねらせながら、鬼気迫《ききせま》る勢いで泳いでいるのである。

朱雀大路は都を南北に走るもっとも広い路《みち》だ。北の端《はし》は大内裏の朱雀門につながっている。

龍は苛立《いらだ》ったように跳ね飛んでいたが、やがて長大な身をくねらせて、北方を顧《かえり》みた。

雑鬼たちがいまいるのは、五条大路と朱雀大路が交差するあたり。

「あいつ、どこへ…」

金色に光る龍の両眼が、北方に据《す》えられる。龍はそのまま大きく跳ね上がると、水溜りの中に飛び込んだ。

地面が揺れる。震動《しんどう》は徐々《じょじょ》に小さくなり、水飛沫《みずしぶき》のかすかな音を最後に消えた。

それまで気にならなかった雨音が、やけに大きく響《ひび》きだす。

茫然《ぼうぜん》としていた三匹は、のろのろと立ち上がった。

あの龍は、北方を目指していた。この路を北上すれば、突《つ》き当たるのは大内裏だ。

雑鬼にとって大内裏などまったく意味をなさないものだが、あそこには既知《きち》の人間たちがいる。あの龍が何なのかはまったくわからないが、危険なものなら報《しら》せたほうがいい。

彼らは慌《あわ》てて走り出した。

「ふう、そろそろ終わりか」

重ねた料紙を立てて、端をとんとんと叩《たた》いてそろえながら、藤原敏次《ふじわらのとしつぐ》は息をついた。

雨のせいで気が滅入《めい》るのだが、それ以上に物理的な被害《ひがい》が生じている。

湿気《しっけ》を含《ふく》んだ料紙は、字がにじむのである。せっかくきれいに書いても墨《すみ》がにじんで広がってしまうため、何枚も書き直しをする羽目になった。

どうしたものかと思案に暮れていた敏次は、ふと思いついて、燈台《とうだい》の炎《ほのお》で料紙をあぶって、乾《かわ》かしてから書くことを思いついた。

試《ため》してみると、まったくにじまない、ということはさすがにないが、にじみすぎて読めなくなるということはなくなった。

「風通しがいくら良くても、湿度《しつど》が高ければどうしようもないものだしな…」

整えた料紙の束を箱の中に収め、それを手に立ち上がる。

簀子《すのこ》に出ると、書物を抱《かか》えた昌浩と遭遇《そうぐう》した。

「あ、敏次殿」

足を止めて一礼する昌浩に、敏次は首を傾けた。

「それは、塗籠《ぬりごめ》に運ぶのか？」

「はい。陰陽師《おんみょうじ》の方々が、地震《じしん》についての記録を調べていて。これは使わないから戻してきてくれと言われて」

そういっているそばから、地震が起こった。それほど大きくはないが、確かに地面が揺れている。

軒《のき》に下がった鉤《こ》と吊り燈籠《つ》がゆらゆらと揺れて柱がきしむ。建物のきしむ音は、何度聞いても慣れないものだ。

揺れが落ち着いた頃に、敏次はふうと息を吐《は》いた。

「地震が多すぎるな。天変地異の前触《まえぶ》れでなければよいが……」

敏次の言葉に、昌浩も神妙《しんみょう》な面持《おもも》ちで頷《うなず》く。

彼らふたりは平安の都で生まれ育った。地震がまったくなかったわけではないが、地方の国々よりも格段に地震の少ない土地なのである。それが、僅《わず》か半日足らずでこれほど地震が頻《ひん》発《ぱつ》するとは。

敏次でなくても、すわ天変地異かと懸《け》念《ねん》してしまうのは仕方がない。

と、それに対して真っ向から異を唱えるものがいた。

「一応仮にも名前だけでも陰陽師を目指している分際で、そういう不吉《ふきつ》な言葉をやすやす使うとは、浅はかにもほどがあるっ！　昌浩を見習え昌浩を！　明言を避《さ》けている昌浩の思慮《しりょ》深さをっ！」

昌浩の足元で直立した物の怪が、尻尾《しっぽ》と耳を逆立てて牙《きば》を剝《む》いている。

ぎゃおぎゃおと怒号《どごう》する物の怪に、昌浩もいい加減慣れた。別に慣れたくはなかったが。

そうっと嘆息《たんそく》し、書物を持ち直す。

道反《ちがえし》から戻ってくるまでは、ここまで理不尽《りふじん》に敏次を糾弾《きゅうだん》するようなことはしていなかったような気がするのだが、どうして物の怪はここまで敏次に敵意を燃やすのだろうか。

なんでかなーと考えている昌浩を、物の怪が振《ふ》り仰《あお》いだ。

「昌浩っ！　こんな奴《やつ》ほっといて、さっさと塗籠にしまいに行くぞ！　くっそぅ、誰もいなければ…！」

歯軋《はぎし》りをしている物の怪の物騒《ぶっそう》な唸《うな》りに、昌浩はぎょっとした。

ちょっと待て。誰もいなかったら、どうするつもりだ。

過去、物の怪が敏次に食《く》らわせたあれやこれやの技《わざ》の数々が、昌浩の脳裏《のうり》に次々と浮《う》かぶ。

同時に、実際には繰《く》り出されていないものの、列挙された技名が。

そういえば、雷《いかずち》の舞《まい》、などというものもあった。一体どういう代物《しろもの》なのか、実は少し興味がないこともない。だが、実践《じっせん》してもらうわけにも行かないので、胸のうちに留《とど》めていたりする。

物の怪が実力行使に及《およ》ばないようにと、昌浩の右足は白い尻尾を踏《ふ》む準備をしている。書物で両手がふさがっているので、踏み損《そこ》なったら大変だ。

木箱を持った敏次は、案じた様子で内裏の上空を見上げた。

建設途中《とちゅう》の内裏。勿論《もちろん》敏次は中には入れないが、どうしても気にかかるので、日に何度もそちらを見ているのだった。

敏次には見鬼の才がない。なんとなく、不穏《ふおん》な空気を察知したような気がした。それだけだ。相談をした成親や、親族でもある行成は、敏次を評価してくれているが、それが過大なものでないという保証はない。

自己研鑽《けんさん》を怠《おこた》れば、人はすぐに堕落《だらく》する。たとえ才覚や能力を持っていても、磨《みが》かなければ宝の持ち腐《ぐさ》れだ。

元々持っている宝が少ない敏次は、努力によって得られるものをこそ大切にしている。

そんな敏次のことを、努力をつづけられることも才能だと、行成は評しているのだが。

険しい顔をしている敏次に、昌浩はそうっと問いかけた。

「内裏《だいり》が、気になりますか」

敏次は驚《おどろ》いたように目を瞠《みは》ったが、すぐに頷いた。

「気になる。内裏は国の要《かなめ》だ。……まぁ、主上《おかみ》は今内裏におられるが」

それでも、火災をまぬがれた温明殿《うんめいでん》には、三種の神器の一つである八《や》咫鏡《たのかがみ》の模造品が納められている。

そして、内裏を擁《よう》する大内裏は政《まつりごと》の中枢《ちゅうすう》だ。主上が不在であろうと、この場が国の要であることに変わりはない。

「内裏の上空に澱《よど》んだ渦《うず》がある気がしてならない。ああ、私に見鬼の才があれば…」

敏次は本気で悔《くや》しがっている。どれほど努力しても、見鬼の才だけは生来のものだ。途中で失うことはあっても、途中で得られることはほとんどないだろう。

昌浩は、境界の岸辺から戻《もど》ってくるときにそれを失った。出雲では護符《ごふ》の灰で成親が額に呪《しゅ》を書いてくれたので事なきを得た。その後は、多少苦労はあったものの、道反の玉のおかげで失う前とまったく同じように妖《あやかし》を視《み》ることができる。

自分は恵《めぐ》まれている。本当に本当に、恵まれているのだ。

昌浩には苦手なものがたくさんあって、けれどもできることもたくさんある。そのことを一応自覚してはいる。

だが、いま以上に、もっと勁《つよ》くならなければ、大切なものは守れない。

勁くならなければと、耳元で、頭の中で、心の奥で、誰《だれ》かがいつもいつも繰り返している。

それは、自分自身の弱さだ。弱さが勁さを渇望《かつぼう》していて、立ち止まらないようにと自分を追い立てている。

誰にも言っていないけれど、昌浩は毎晩のように夢を見ている。

内容はいつも同じ。

あの、出雲の雨の中。激しい苦しみの中で見た、光景。

「………」

昌浩は目を閉じた。背筋がざわついている。胸の一番奥に点《とも》っている仄白《ほのじろ》い炎が、揺《ゆ》れたのがわかった。

首から下げた道反の勾玉《まがたま》がひやりと冷たい。そこから生じる波動が、燃え上がりそうになる炎を冷やし、鎮《しず》めている。

瞼《まぶた》をあげて、昌浩は努めて深呼吸をした。走り出しそうになる鼓動《こどう》を抑《おさ》えなければ。

自分を律することに懸命《けんめい》になっている昌浩の様子に、物の怪は勿論《もちろん》気づいている。気づいても、何もしてやれない自分が歯がゆくてならない。

「……ん？」

不審《ふしん》げな声に、物の怪は険のある視線を向けた。

内裏の上空を凝視《ぎょうし》している敏次が、眉根《まゆね》を寄せている。

「なんだ、能無しえせ陰陽師」

物の怪の声は敏次には聞こえない。そうと知っていても、つい語気が荒くなる。

わかっている。これが八つ当たりだということくらい。昌浩のために何もしてやれないという自責の念が、元々嫌《きら》いな敏次に向いているだけなのだ。

敏次を認めたわけではないが、言いがかりをつけている自覚はある。だが、自制するほど敏次を思いやれるかというと、感情が否《いな》と唱える。嫌いなものは嫌いなのだ。

物の怪のこの感情は、己《おの》れを忌《い》み嫌い憎《にく》しみすら抱《いだ》いているだろう青龍のそれと似ているのだろう。自分と青龍は水と油で相容《あいい》れることはない。

青龍が徹底《てってい》して騰蛇を嫌うのは、理《ことわり》を冒《おか》したからということも大きいが、それ以上に、単に嫌いだからなのだ。

だから騰蛇も青龍を嫌う。

たとえば、もし晴明が、内心は好ましく思っていても、神将たちをぞんざいに扱《あつか》って軽《かろ》んじるような発言しかしていなかったら、神将たちは嫌悪《けんお》感を抱いただろう。言葉は言霊《ことだま》だ。負の言葉は大きく育ち、向けた相手の心に深々と突《つ》き刺《さ》さる。心を傷つける相手を受け入れることはできない。そういうところは、神将といえども感情が勝つ。

自分を悪《あ》し様に言う相手に好意を抱く者などいはしまい。

物の怪は目をすがめた。軽く頭をふって気持ちを切り替《か》えようとする。

危《あや》うい昌浩に引きずられている感が否《いな》めない。昔はここまで他者に影響《えいきょう》されることなどなかったのだが。

「敏次殿《どの》、何か…」

言い差した昌浩に、敏次は険しい面持ちで振り返った。

「昌浩殿、内裏の上空に、何か視えないいか」

「え…?」

訝《いぶか》る昌浩に、敏次は空を指差しながらつづける。

「ほら、あそこだ。なんとなくだが、長いものが浮かんでいるような……」

敏次の示す方向を見て、昌浩は瞠目《どうもく》した。

あれは、龍《りゅう》だ。

「貴船の、祭神？」

胡乱《うろん》げな声は物の怪のものだった。昌浩も一瞬《いっしゅん》そう思った。だが。

「ええと、はい。あの、龍、のようです」

「龍？　本当か？」

振《ふ》り返って、敏次は怪訝《けげん》な目をした。

「なぜ龍だと？」

「え……」

口ごもる昌浩の足を、物の怪が叩《たた》いた。

「それなりに視えるんだってことくらい、言ってやれ。大体、お前に見鬼《けんき》の才がないと勝手に思い込んだのはこいつだ」

確かにそうなのだが、その場で訂正《ていせい》しなかったのだから昌浩にも非はあるのだ。

「昌浩殿？　いい加減なことを言うものではないぞ」

明らかに気分を害した敏次に、昌浩は弁明しようと口を開きかけた。

そこに、場違《ばちが》いなほど明るい声が割って入った。

「おや、そこにいるのはうちの末弟《まってい》と陰陽生《おんみょうせい》殿ではないか」

険悪な空気が吹《ふ》き飛ばされる。ふたりは振り返った。

「兄上」

「これは、成親様」

飄々《ひょうひょう》とした様子でほけほけと笑っている安倍成親が、いつの間にやらすぐそばまで近づいてきている。

物の怪はお座り体勢で尻尾《しっぽ》をぴしりと振り、首の辺りをわしゃわしゃと掻《か》いた。

「……成親よ。本当にお前は、いつもいつも絶妙《ぜつみょう》の間合いで現れるなぁ」

「うん？」

物の怪の呟《つぶや》きを聞き、成親は訝しげに片目を細めた。

4

終業間近で少し時間が余ったので、成親は堂々と暦部を出て肩《かた》などを回していた。

そこに、物の怪の怒号《どごう》が轟《とどろ》いてきたので、なんだなんだと歩いてきたら、険悪な雰囲気《ふんいき》の昌浩と敏次を見つけた。

なんとなく、放っておいたらまずそうだと直感し、声をかけたのである。

「もうすぐ退出の鐘鼓《しょうこ》が鳴るぞ。仕事は済んだのか、ふたりとも」

昌浩と敏次のちょうど狭間《はざま》のあたりに立って、成親はふたりを交互《こうご》に見やる。

敏次は剣呑《けんのん》な表情のままむすっと唇《くちびる》を引き結んで、ひとつ頷《うなず》いた。

そんな敏次に、成親は思慮《しりょ》深《ぶか》い目をして問いかけた。

「敏次殿、うちの末弟が、貴殿《きでん》に何か失礼な振舞《ふるま》いをしたか？」

それは確認《かくにん》だった。責める響《ひび》きは微塵《みじん》もない。

成親にとって昌浩は弟だが、闇雲《やみくも》にかばい立てをするということは決してない。昌浩に非があるならば、謝罪させるつもりだろう。

敏次は慌《あわ》てて首を振った。

「私には、あの辺りに長いものがあるように見えるのですが、昌浩殿があれを『龍だ』と言うのです」

成親は目でつづきを促《うなが》す。敏次は少し躊躇《ちゅうちょ》するそぶりを見せたが、内裏《だいり》の上空を示した。

「あ、いいえ。ただ……」


彼が示すほうを見た成親は、確かにそこに大きく身をくねらせている龍を見た。

敏次はできるだけ冷静にと己れを抑えながら言葉をつないだ。

「昌浩殿にはさほど見鬼の才がないと伺《うかが》っています。それなのになぜ、『龍だ』と断言できるのか、不審に思えたので、問いただしておりました」

成親は昌浩を一瞥《いちべつ》した。昌浩は頷く。

「なるほど」

合点《がてん》のいった成親は、一度瞬《まばた》きをした。

昌浩の肩に物の怪が飛び乗る。黙《だま》ったまま目線だけを向ける昌浩に、物の怪は耳をそよがせた。心配するなと、言っているようだった。

「そうか。それはすまなかった」

詫《わ》びてきた成親に、敏次は慌てふためいた。

「な、成親様!?　なぜ成親様が！」

「いや、きちんと話しておくべきだった。実は、これは家族だけしか知らないことなのだが、昌浩は幼い頃《ころ》にはちゃんと見鬼の才があってな」

「え……？」

虚《きょ》をつかれた風情《ふぜい》で言葉を失う敏次に、成親は声をひそめてつづけた。

「それが、着袴《ちゃっこ》の頃に、なぜか失われてしまった。だが、最近になって、それがどうやら戻《もど》ってきたようでな」

「そう、なのですか…？　ですが、昌浩殿は、そんなことはひとことも」

「ああ、そうだろう。戻ってきたといっても、完全ではなくてな。その時々で、視《み》えたり視えなかったり、安定しないんだそうだ」

敏次は昌浩を振り向いた。

昌浩は思わず成親を見る。長兄《ちょうけい》は頷く。それで、昌浩も沈黙《ちんもく》したまま頷いた。

「だから、実は本人はそれなりに苦労している。必要なときに視えないのでは、見鬼の才がないのと同じだからな」

「それは、確かに……」

「本来なら、父や私たちよりよほど視えるんだ、これは。いまは調子がいいようだから、視えたんだろう。完全ではないから、見鬼の才があるとは断言できない。だから、あると言えなかったというわけだ。騙《だま》すつもりはなかったが、結果的にそうなってしまって、すまなかった」

再び頭を下げる成親に、敏次は慌てて返した。

「いえ、そういう込み入った事情でしたら、話せなくても致《いた》し方ありません」

そして、敏次ははっと目を見張った。

「では…」

「ああ」

内裏の上空を見上げて、成親は低く告げた。

「確かに、龍がいる」

成親の言葉が聞こえたのか、龍は睥睨《へいげい》するかのように目を落としてくる。

金色の龍はそのまま高く飛翔《ひしょう》し、雨雲の中に消えた。

「雲間に消えたな…。あれは一体…」

険しく呟く成親に、物の怪は惜《お》しみない賞賛を送った。

「さすが参議の娘婿《むすめむこ》。誤魔化《ごまか》してるはずなのにひとつも嘘《うそ》がなかったのは見事だ」

昌浩は瞬きをした。

確かに。

適度に事実を述べつつ、肝心《かんじん》なところは巧妙《こうみょう》にぼかし、にもかかわらず偽《いつわ》りは一切《いっさい》なかった。

嘘はついていない。道反《ちがえし》の玉の件や天狐《てんこ》の血の事を端折《はしょ》って言い換《か》えてうまくつなぎ合わせただけだ。

何もいなくなった空を見上げて、成親は低く唸《うな》った。

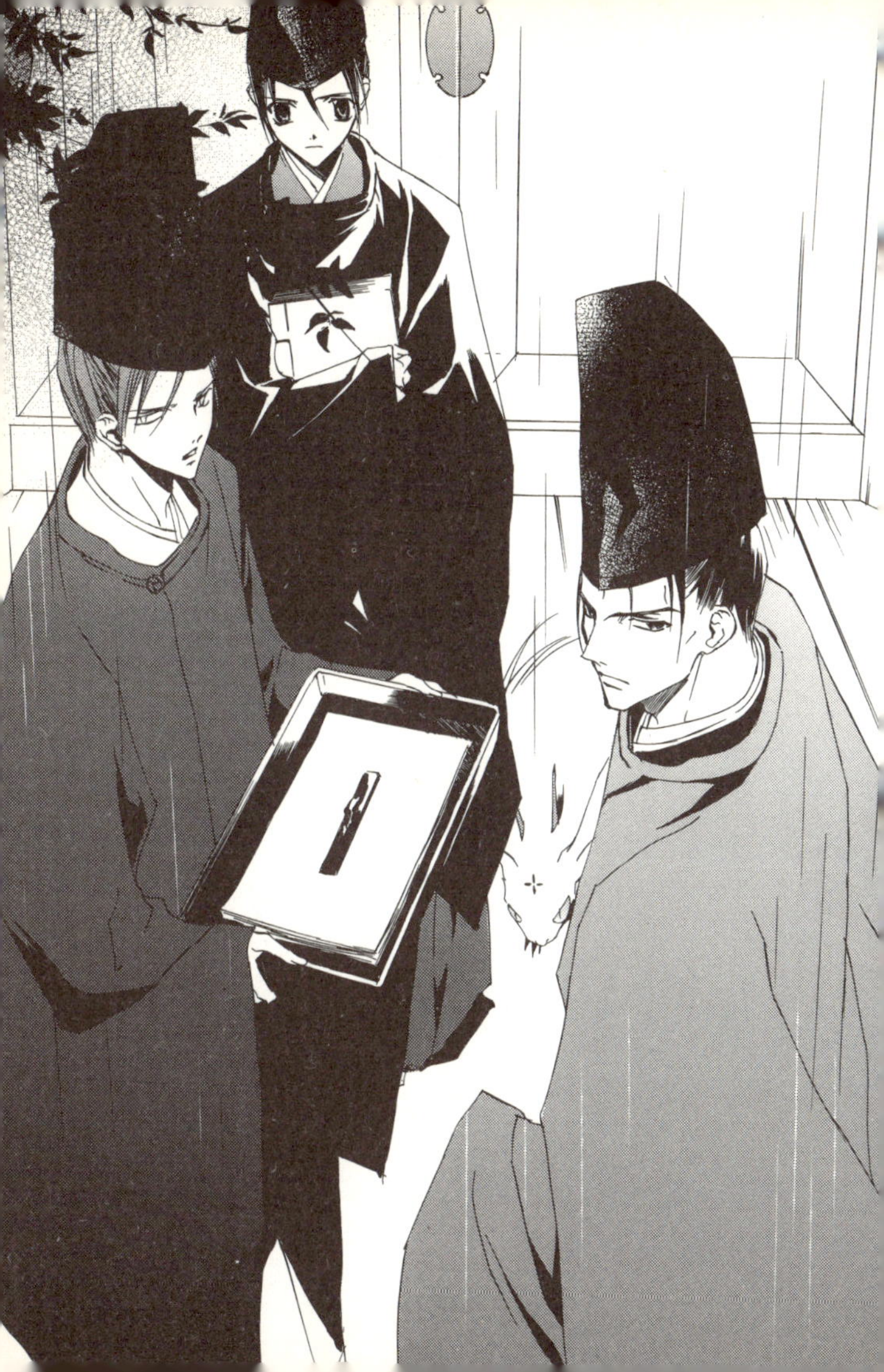

「金色の龍か。瑞兆《ずいちょう》か、それとも…」

地震《じしん》が頻発《ひんぱつ》していることの日に出現した金色の龍。無関係だとも思えない。

「頭《かみ》に報《しら》せねばならんな」

陰陽寮《おんみょうりょう》の役人としての顔になった成親は、身を翻《ひるがえ》した。

「あれは私に任せて、お前たち、早く仕事を済ませて帰れよ。どうにも胸騒《むなさわ》ぎがする」

「はい、兄上も」

「ありがとうございます、成親様」

成親は片手をあげて、その場から足早に去っていった。

昌浩は息をつき、敏次に向き直った。

「あの、敏次殿。すみませんでした、色々と…」

敏次は昌浩を手をあげて制した。物の怪が全身の毛を逆立てる。

「なんだ⁉　やるか⁉　受けて立つぞ！」

牙《きば》を剝《む》いている物の怪が威嚇《いかく》していることなど知らない敏次は、突然《とつぜん》昌浩に頭を下げた。

「すまなかった、昌浩殿。知らなかったとはいえ、随分《ずいぶん》きつい物言いをしてしまった」

意表をつかれた物の怪が絶句する。一方の昌浩は、うろたえてしどろもどろになった。

「あ、いいえ、そんな。頭を上げてください、敏次殿」

「許してもらえるだろうか」

「勿論《もちろん》です。言わなかった俺…じゃなかった、私も悪かったんですから」

和解成立だ。

顔をあげた敏次は、しみじみと言った。

「しかし、君も大変だな。視えたり視えなかったりでは」

昌浩は瞬きをした。

つい先刻、敏次はとても悔《くや》しがっていたのだ。自分にも見鬼《けんき》の才があれば、と。

自分同様見鬼の才がないと思っていた昌浩に、実はそれがあるのだと知ったのに、なぜ平静でいられるのだろう。

「ん？　どうした、昌浩殿。妙《みょう》な顔をして」

何度も瞬きをして、昌浩は意を決して思ったことを正直に口にした。

すると、敏次は呆気《あっけ》に取られた様子で昌浩をまじまじと見返し、それから首をひねった。

「ああ、まぁ、言われてみればそうなんだが…」

自分にないものを、同じようにないと思っていた者が、本当は持っていた。

「複雑な感情がないかといえば、それは嘘になる。だが、すんなりと納得《なっとく》できるのもまた事実だ。君は、安倍氏の人間で、あの安倍晴明様の孫だ。対する私は藤原氏の人間で、そこからして違《ちが》う」

占術や作暦、星見などは、技術を習得して修練を積めばそれなりに大成できる。だが、見鬼の才だけは、どうしようもないものだ。

「己《おの》れにないもので張り合おうとしても意味がないからな。私は私にできるやり方で、己れを磨《みが》いて実力を身につける」

ぐっと拳《こぶし》を握《にぎ》り締《し》めて、敏次はふと目を伏《ふ》せた。

一番はじめに陰陽道を志そうと思ったのは、いまは亡《な》き兄の力になりたいと思ったからだった。あのときは、見鬼の才が必要だとかそういったことは何も知らなくて、ただ、陰陽師《おんみょうじ》になれば兄の役に立てると、それだけを考えた。

始まりはそこだったが、いまの敏次にはもっと大きく強い意志がある。

それは、血筋と才能の違《ちが》いに打ちのめされて、狂《くる》おしいまでの嫉妬《しっと》と葛藤《かっとう》を乗《の》り越《こ》えて、彼が得たものなのだろう。

雨が降っている。その雨音に紛《まぎ》れて、鐘鼓《しょうこ》が鳴り響いた。

「おっと、いかん。早く済ませないと」

慌《あわ》てて身を翻し、敏次は昌浩に告げた。

「昌浩殿も、早く仕事を終わらせて帰りたまえ」

金色の龍《りゅう》は気にかかるが、成親があんなに言っていたのだから、任せるべきだろう。

去って行く敏次の背を見ながら、昌浩はぽつりと呟《つぶや》いた。

「……ね、もっくん」

物の怪は不機嫌《ふきげん》そうに耳をそよがせる。

昌浩は、何かを堪《こら》えるように目を細めた。

「敏次殿は、凄《すご》いね…」

飛びぬけて才能があるわけではない。だが、彼はひたむきな努力と揺《ゆ》るぎない意志で、着実に歩んでいる。

対する自分はどうだ。

力も才もあるという。なのに、大切な人を護《まも》ることもおぼつかない。約束を果たすこともできない。

雨音は、あの日の記憶《きおく》を克明《こくめい》に呼び起こす。だから本当は、聞かずにすむよう耳をふさいでしまいたい。

勁《つよ》くなりたい。勁くならなければならない。だが、どうしたら勁くなれるのだろうか。

考えすぎて、よくわからなくなっている。

「……お前だって、凄いんだぞ」

「そうかな」

「何言ってやがる。……しっかりしてくれよ、晴明の孫」

昌浩はうつむいて、押し黙《だま》った。そのまま塗籠《ぬりごめ》に向かって歩き出す。

肩《かた》に乗った物の怪の尻尾《しっぽ》がぱたんと落ちた。

物の怪が、紅蓮《ぐれん》が。晴明の孫と呼ぶのは、昌浩だけだ。だが昌浩は、いまひとつのことだけが心に重くのしかかっていて、ほかのことを考える余裕《よゆう》がなくなっているのだ。

時が経《た》てば落ち着くだろう。それまでは、できるだけ心の傷に触《ふ》れないように、傷をえぐらないように。

何事もなく時よ過ぎてくれと、物の怪はいま痛切に願っている。

だが、先ほど現れた金色の龍が、その願いはかなわないと告げているようにも思えるのだ。

塗籠から出た昌浩は、ふと足を止めて視線を滑《すべ》らせた。

昌浩の足元にいた物の怪が、首を傾《かたむ》けて瞬《まばた》きをした。

ふたりの前に、十二神将六合が顕現《けんげん》する。

「六合、どうしたんだ?」

塗籠の妻戸を閉める昌浩に、六合は抑揚《よくよう》の乏《とぼ》しい語調で答えた。

「勾陣に用がある」

「勾?」

聞き返す物の怪に、六合は黙然《もくぜん》と頷《うなず》いた。物の怪の白い尻尾がぴしりと揺れる。

「勾はいないぞ」

「いない？」

怪訝《けげん》そうに眉根《まゆね》を寄せる六合に、昌浩がつづけた。

「うん。安倍の邸《やしき》にいるはずだよ。彰子についてもらってる」

彰子の近くには、普段《ふだん》は天一や玄武、太陰がいてくれるのだが、戻《もど》ったばかりの天一は朱雀《すざく》が離《はな》さないだろうし、太陰はようやく異界から出てくるようになったばかりだ。玄武は安倍の邸にいるはずだが、いざというときに玄武だけでは対処しきれないことがあるかもしれない。

そう考えて、昌浩が勾陣に頼《たの》んだのだ。

「そうだったのか」

六合は息をついた。

戻ってきたからには物の怪とともに昌浩に随従《ずいじゅう》しているだろうと思い込んでいた。

「勾に何の用だ？　俺たちはそろそろ退出するから、伝えておいてやるぞ」

昌浩の肩にひょいと飛び乗った物の怪が、片前足をあげる。六合はひとつ頷いた。

「では、言伝《ことづて》を」

その瞬間《しゅんかん》、ぐらりと建物が揺れた。

三人の面《おも》持ちが硬いものになる。今日何度目だろうか。もう数えてもいない。

かすかな軋《きし》みを上げて建物が揺れる。念のため妻戸を開けて、塗籠の中にある資料が崩《くず》れていないかを確認《かくにん》した。

「……やんだかな」

「たぶんな」

妻戸を閉めて息をつく昌浩に、六合は僅《わず》かに険を帯びた目を向けた。

「風音が案じている。この地震《じしん》のことを」

道反大神の娘《むすめ》である風音も、頻発《ひんぱつ》する地震を予知できないでいる。ただの地震とは思えない。

「自分の直感だけでは思い過ごしかもしれないから、土将勾陣の意見を聞きたいと言っている」

物の怪は頷いた。

「戻ったら伝えておく。直接話したほうがいいか？」

「ああ。風音は今内裏《いまだいり》を動けない、勾陣に来てもらったほうがいいだろう」

「わかった」

やりとりをしているふたりを見ながら、昌浩はなんとなく懐《なつ》かしくなった。

去年の冬頃は、物の怪と六合のふたりがいつも自分に随従してくれていた。

ついと北方の空を眺《なが》めやる。

乞巧奠《きこうでん》を過ぎて、貴船の螢《ほたる》はもういないだろう。

――来年の夏になったら、貴船に螢を見に行こう…

無邪気《むじやき》に指切りをしたのは、もう一年も前だ。

あの頃の自分は、まだ何も知らなくて。彰子が左大臣家の姫《ひめ》だということも、頭ではわかっていても実感がなかった。

ふと、左胸の辺りがつきりと痛んだ気がした。

無意識にそこに手を当てる。貴船。

昌浩ははっと目を瞠《みは》った。

薄《うす》く残っている刀傷。これをつけたのは、妖異《ようい》に操《あやつ》られた彰子だった。

どくんと、心臓がはねた。

あのあと、窮奇《きゆうき》の影《かげ》に怯《おび》えながら、彰子はたったひとりで堪えていた。あとになってそのことを知った昌浩は、どうして自分を呼ばなかったのかと、彰子を責めた。

衣《ころも》を握りこむ。

いまならば、彰子の気持ちがわかる。自分の手で昌浩を傷つけたことに、彰子の心はひどく傷ついた。

胸の奥が痛い。

彼女の傷は、癒《い》えただろうか。消えているだろうか。

そうあってほしい。彼女が傷つくのは嫌《いや》だ。体も心も、傷つくことは堪えられない。

彼女が傷を負うくらいなら、自分が負ったほうがよほどいい。

「…………」

空を見はるかした昌浩が、思いつめた表情をしていることに、物の怪も六合も気づいていた。黄褐色《おうかっしょく》の双眸《そうぼう》が、問うような色を物の怪に向ける。物の怪は軽く肩をすくめる。

あとで話すと、物の怪の口が動いた。六合は目で応じた。

「今内裏はどうだ、六合。脩子は落ち着いたのか」

話題を変える物の怪に、六合は短く答えた。

「ああ」

「そうか。それは良かった」

六合は瞬きをした。物の怪が子どもを気にかけるとは、珍《めずら》しい。

「……なんだよ」

胡乱《うろん》に目をすがめる物の怪になんでもないというそぶりを見せて、六合はふと思い出したように言葉をつないだ。

「そういえば、帝《みかど》に晴明が今日も召《め》されていたな。寝殿《しんでん》に入っていくところを見かけた」

「晴明が？　何かあったのか？」

六合は首を振《ふ》る。

「寝殿内に入ったわけではないので、詳《くわ》しいことはわからん。ただ、帝と道長と行成のほかに、伊勢《いせ》からの使者がふたり、同席していたようだ」

五人以外は人払《ひとばら》いをされたらしく、普段ならば御簾《みす》や几帳越《きちょうご》しに控《ひか》えている女房《にょうぼう》たちも全員退席していた。

「姫宮が皇后の見舞《みま》いに行った折に、晴明が召されていたことを聞いて、なぜもっと早く報《しら》せてくれなかったのかと憤慨《ふんがい》していた」

「憤慨？　なんでまた。ところで六合、やけに饒舌《じょうぜつ》だな、珍しい」

「お前が姫宮を気にかけているようだからな」

「いや、気にかけてるのは俺じゃなくてあれだ。……いまは別の場所に心が飛んでるが」

物の怪の耳が昌浩を示す。六合は合点がいった様子で瞬きをした。

「それで？　脩子が憤慨した理由はなんなんだ」

「晴明が来ていたのなら、なぜ皇后のもとに召さなかったのかと」

懐妊《かいにん》中の皇后定子《さだこ》は、体調を崩して臥《ふ》せっている。晴明が来たのならば、定子のために快癒《かいゆ》の祈禱《きとう》や禁厭《まじない》をしてもらうこともできたのに、知らなかったためにそれがかなわなかったのだ。

「皇后の容態はそんなに悪いのか？」

眉《まゆ》をひそめる物の怪に、六合は頭を振った。

「俺にはよくわからん。ただ、長く臥せったままであることは確かなようだ」

物の怪は低く唸《うな》った。

「うーん、次から次にいろいろなことが起こるなぁ。あの白い女も気にかかるし」

六合の目許《めもと》に険がにじむ。

内裏の温明殿《うんめいでん》だけでなく、今内裏にも現れた不審《ふしん》な白い女。十二神将に似通った出《い》で立ちで、相当の霊力《れいりょく》を持っていた。

神の娘である風音と対等に遣《や》り合っていた白い女の姿を思い出し、物の怪は渋面《じゅうめん》を作った。

どうにも後手に回っている感が否《いな》めない。物の怪たちが気づいていないだけで、あの白い女はいまも彼らをどこかから見ているかもしれないのだ。

「……この雨と、地震と、あの女は、どこかでつながってるんじゃないだろうな」

つながっていてほしくはないのが物の怪の願望だが、神将の直感は軽視できないものだ。陰《おん》陽師《みょうじ》のそれほどではなくとも。

「あまり考えたくはないが、そう考えるのが自然だろう」

淡々《たんたん》とした同胞《どうほう》をねめつけて、物の怪は眉間《みけん》にしわを寄せた。

「……ったく…」

それと、もうひとつ。

昨夜会った貴船の祭神 高龗神《たかおかみのかみ》の呟《つぶや》きも、物の怪は気にかかっている。

——止める努力は、してみよう
あれはどういう意味なのか。

夕焼けの瞳《ひとみ》が昌浩をちらと見やる。

青ざめた横顔。自分で自分を追い詰《つ》めているもの特有の、眼差《まなざ》し。

嘆息《たんそく》し、物の怪は胸中で思案に暮れた。

いまの昌浩に、これ以上の荷は背負わせられない。気づいていないなら、そのままのほうがよさそうだ。

そう判断し、物の怪は尻尾《しっぽ》で昌浩の背を叩《たた》いた。

「…ん？　あ、何、もっくん」

「暗くなる前に帰ろうや」

「ああ…」

雨雲のせいで暗くなるのが早いのだ。もう随分《ずいぶん》夕焼けを見ていない。

「うん、そうだね」

ふたりのやりとりを聞いた六合が踵《きびす》を返す。

「では俺も今内裏に戻《もど》る。騰蛇、勾陣への言伝《ことづて》を頼《たの》んだぞ」

「ああ、わかってる」

物の怪が片前足をあげると、六合は軽く目で応じ、そのままふっと隠形《おんぎょう》した。

簀子《すのこ》を歩きながら、昌浩は肩《かた》に乗っている物の怪の尻尾を引いた。

「俺、ちゃんと聞いてなかったけど、姫宮様はどうされてるか聞いた？」

「だいぶ落ち着いたそうだ。ま、風音がいるから大丈夫《だいじょうぶ》だろう」

それと、隠形した六合もいる。脩子の身にどのような危険が迫《せま》ろうと、あのふたりが後《おく》れを取ることはまずないだろう。

「そうそう、晴明が今日も今内裏に召されたそうだ」

「じい様が？」

驚《おどろ》く昌浩に、物の怪は首を傾《かたむ》けて見せる。

「帝の召請とあらば受けなきゃならんが、この雨で連日の外出はちょっとなぁ。晴明も年なんだし、帝や貴族連中にはもう少し考えてもらいたいもんだ」

稀代《きたい》の大陰陽師安倍晴明には、まだまだ健在でいてもらわないと困るのだ。特に、昌浩がこんな状態では、晴明の助けが必要なときが必ず来る気がする。

晴明しか頼《たよ》れる陰陽師がいないというのがそもそも問題なのだ。

晴明の息子《むすこ》ふたりはそれなりに優秀《ゆうしゅう》だが、晴明の後継《こうけい》にまでは至らない。孫たちも同じく。唯一《ゆいいつ》後継と目されている子どもは、難問を抱《かか》えている。

問題は、成長のために必要なものだ。だが、それが大きすぎると、耐《た》え切れずに潰《つぶ》れてしまう可能性もある。

「雨についてかなぁ。貴船に止雨の祈念《きねん》を奏上することになったのかもしれないね」

昌浩の言葉を聞きながら、物の怪は目を細めた。

人には様々な試練が訪《おとず》れる。どれほど大きくつらい試練であっても、その人が乗り越《こ》えられるものだけが訪れるのだという。
だがときには、己《おの》れの力だけでは越えられないものもある。
昌浩が抱えている問題は、いまの昌浩の力だけでは越えられない類《たぐい》のものだ。
越えれば飛躍《ひやく》的に成長できるだろうが、越えられずに潰れてしまう危険性も高い。
薄刃《うすば》の上を歩くような感覚が、いつも物の怪の胸を満たしている。
誰《だれ》でもいいから、突破口《とっぱこう》を開いてくれないものだろうか。

5

安倍晴明は、険しい面持《おもも》ちで天球儀《てんきゅうぎ》を睨《にら》んでいた。

ひとことも発せずまんじりともしない老人の背後に、神気が降り立つ。

顕現《けんげん》した十二神将青龍は、張り詰めた気配をまとう主《あるじ》の背を眺《なが》めたまま、膝《ひざ》を折って片胡坐《あぐら》を掻《か》いた。

雨音が響《ひび》く。

酉《とり》の刻に入り、室内は闇《やみ》に半分染まりかけている。

青龍は無言で立ち上がった。燈台《とうだい》に油が残っていることを確認《かくにん》し、芯《しん》に火を点《とも》す。晴明の部屋には朱雀の神気が留《とど》めてあり、それを具現化させると簡単に炎《ほのお》が点る。朱雀がいなくても、同胞たちの神気で炎が具現化できるようになっているのだ。

五十年以上前、式神に下った頃《ころ》に、種火を切らして困っていた晴明のために、朱雀が初めて成した役目だ。

すべて、そんな些細《ささい》なことからはじまった。

暖かな橙色《だいだいいろ》の光が室内にゆっくりと広がっていく。

視界に映った灯火《ともしび》に、老人はついと振り返った。

「宵藍《しょうらん》か。すまんな」

「いや」

晴明の背後に再び片胡坐を掻き、青龍は沈黙《ちんもく》した。

青龍は、元々口数が多いわけではないのだ。必要がなければひたすら沈黙を通す。

「……」

肩越《かたご》しに青龍を一瞥《いちべつ》し、老人は薄《うす》く笑った。

晴明は、十二神将の内でもっとも神気の苛烈《かれつ》な四人の闘将《とうしょう》にのみ名を与《あた》えた。だが、その名を日常的に呼ぶのは、騰蛇と青龍のみである。

六合と勾陣の名を、普段封《ふだんふう》じているのは、そうしたほうがいいと思ったからだった。

紅蓮と宵藍という名は、繰《く》り返し呼ぶことで、その言霊《ことだま》が心と魂《たましい》に染《し》み渡っていく。その名に籠《こ》められた呪《しゅ》は、晴明の願いだ。

ふたりとは違《ちが》い、六合と勾陣の名には、戒《いまし》めの呪がかかっている。通常感情を剝《む》き出しにすることのないふたりだが、その奥底にあるものは紅蓮や青龍と同等、もしくはそれ以上の烈《はげ》しさだ。それを抑《おさ》えるために名をつけた。

そこが、紅蓮と青龍との決定的な差異である。

「……宵藍よ」

呼ばれた青龍は、目だけを動かした。

晴明は神将に向き直り、重い息を吐いた。

「正直な話、主上《おかみ》の命に従うか否《いな》か、わしはいま悩《なや》んでいる」

「帝《みかど》の頼みは勅命《ちょくめい》だ。否やはないのではなかったか」

淡々とした青龍の言に、晴明は苦笑《くしょう》した。

「そのとおりだ。……勅命には、従わねばならない。この老骨を鞭打《むちう》ってでも、わしは伊勢《いせ》に行かねばなるまいよ。だが……」

晴明が苦悩《くのう》しているのは、そのことについてではない。

老人のしわまみれの顔に、翳《かげ》りが宿った。

「いくら勅命とはいえ、彰子様をお連れするわけにはいくまい」

晴明の目許《めもと》に険が宿る。

相手は至高の存在。その意思を曲げられるものは、この世に神以外存在しない。

だが。

「……」

深々と息をつき、晴明は片手で額を押さえた。

「どうしたものか……」

苦渋《くじゅう》に満ちた晴明のうめきに、青龍は顔色ひとつ変えずに口を開いた。

「簡単なことだ」

晴明は驚いた様子で顔をあげる。常に剣呑《けんのん》な面持ちの神将は、蒼《あお》い双眸《そうぼう》を主に据《す》えた。

「帝の願いを叶《かな》えることだ。それ以外に道はないだろう」

晴明の眉間にしわが刻まれる。

同時に、昼間の情景が甦《よみがえ》った。

◇　◇　◇

安倍邸にいる、安倍家の遠縁の娘を内親王脩子の供に。

帝の頼みは、たとえ本人にその意はなくとも依頼の形を取った要請で、断る権限を臣下たる晴明は持たない。

が、こと、この件に関してだけは、引き下がることはできなかった。

青ざめて絶句していた晴明は、血の気の失《う》せた左大臣藤原道長の横顔を一瞥し、静かに深呼吸をした。

早鐘《はやがね》を打っている心臓をなだめ、なんとかこの状況《じょうきょう》を打開しなければならない。

「……主上《おかみ》、恐《おそ》れながら…」

声が震《ふる》えそうになる。

今上《きんじょう》の帝は晴明にとって孫のような年齢《ねんれい》だ。彼は分別もあり、己れに非がある場合は家臣に対しても素直《すなお》に詫《わ》び、意思を改める寛容さを持っている。

そこに賭《か》けるしかない。

「当家に預かっている姫《ひめ》は、故《ゆえ》あって親元を離《はな》れ、我が家に身を寄せました。伊勢に赴《おもむ》くと聞けば、かの姫の両親は、我が子の身を案じて大層心を痛めましょう」

御簾《みす》の向こうにいる青年は、感じるものがあったのか押し黙《だま》った。

「主上のお気持ちは、この晴明、察して余りあるものがございます。しかし、なにとぞ、供の件に関しましてはご容赦《ようしゃ》くださいますよう、切にお願い申し上げます」

「………」

帝は悩んでいるようだった。手にした扇《おうぎ》を握《にぎ》り締《し》めながら、うつむいている。

ふいに、ぐらりと建物が揺《ゆ》れた。

柱や蔀《しとみ》がきしみ、吊《つ》り燈籠や几帳《きちょう》が揺れる。

地震《じしん》だ。この都に、地震が生じている。

誰もが青ざめた。堅固《けんご》であるはずの都、その土台が震動《しんどう》しているのだ。

長雨に加えての天災は、人間たちの心にさらなる不安を呼び起こした。

「…………」

鼓動《こどう》を三十は数えただろうか。揺れはようやく収まった。相当大きかった。まだ建物のきしみが聞こえる気がする。

重苦しい沈黙が流れた。

伊勢からやってきた神祇少佑《じんぎしょうじょう》大中臣春清《おおなかとみのはるきよ》と伊勢斎宮寮《さいぐうりょう》官吏《かんり》磯部守直《いそべのもりなお》、右大弁藤原行成。御簾を隔《へだ》てて一段高い上座に端座《たんざ》する今上帝と、御簾の前に座した左大臣藤原道長。そして、安倍晴明。

この場にいるのはその六名だ。

帝の出方を、誰《だれ》もが緊迫《きんぱく》した面持ちで待っていた。

春清と守直は、一刻も早く伊勢の神宮へ、天勅に従って内親王脩子を連れて行きたいと考えている。

天勅の下された、その直後に地震が生じたのだ。天変だけでなく地異までもが起こった。それも、この都に、国家安寧《あんねい》の要《かなめ》である帝の坐《いま》す地に。

これはただごとではない。伊勢という神の息吹《いぶき》に満ちた地で常に神事に携《たずさ》わっているふたりは、それを肌《はだ》で感知していた。

帝の葛藤《かっとう》は重々承知しているが、時間がない。斎宮恭子女王《さいぐうたかこじょおう》に降臨して下された天照大御神の勅命を、果たさなければならない。

藤原道長は、誰よりも複雑な心情であろう。晴明の邸に身を寄せている姫は、彼の娘彰子なのだ。異邦《いほう》の妖異《ようい》の呪詛《じゅそ》によって入内《じゅだい》のかなわなくなってしまった彰子の代わりに、異母姉妹である章子を彰子と偽《いつわ》って入内させた。安倍邸《てい》に預ければ心配はないと考えての采配《さいはい》だったのだが、こんな事態が生じるとは。

道長は必死で平静を装《よそお》いながら、両手が震えないように膝頭《ひざがしら》をきつく握り締めていた。

彰子の素性《すじょう》が露見《ろけん》してしまうことを恐れているのではない。何が起こるのかわからない、どんな危険が待ち受けているのか知れない伊勢に、手放さざるを得なくなってしまった愛娘《まなむすめ》が赴く、その不安に押し潰《つぶ》されそうになっているのだ。

国の中枢《ちゅうすう》に君臨し、政《まつりごと》を背負う重責と闘《たたか》うことよりも、彰子が伊勢に行かなければならなくなることが恐ろしい。

政治的な駆《か》け引きと思惑《おもわく》がないかというと、それは嘘《うそ》になる。道長は左大臣としての地位と権力を守らなければならない。失脚《しっきゃく》すれば、いまはなりをひそめている政敵の思う壺《つぼ》だ。

しかし、父として娘を思う心もまた真実なのである。

安倍邸に身を寄せている姫は、対外的には道長とは無縁《むえん》だ。この場で彼が口を挟《はさ》む余地はまったくない。

頼《たの》む晴明、なんとしてでも阻《はば》んでくれ。

表情を変えない道長の心の叫《さけ》びを、晴明は確かに捉《とら》えていた。

「主上、どうか……！」

懸命《けんめい》に言い募《つの》り、深く叩頭《こうとう》する晴明に、行成が助け船を出した。

「恐れながら、主上」

御簾の向こうで帝が視線を滑《すべ》らせる気配がする。行成は床《ゆか》に手をついた。

「この場で応じよというのは、いささか性急かと存じます。姫宮様のお気持ちもおありでしょう。いましばらく、可能な限りの猶予《ゆうよ》を持たれては……」

伊勢からの使者たちに顔を向け、行成は静かに問うた。

「姫宮様が伊勢に向かわれることが決定されるとしても、昨日の今日では性急すぎよう」

しかし、守直は毅然《きぜん》と言い返した。

「お言葉ながら、右大弁殿。ことは一刻を争うのです。悠長《ゆうちょう》なことを言ってはおられませぬ」

「……」

行成は唇《くちびる》を噛《か》んだ。

体調の思わしくない皇后定子がこのことを知ったなら、どう思うだろう。それを考えると胸がひどく痛んだ。心痛が身体《からだ》にどれほどの影響《えいきょう》を及《およ》ぼすことか。

それに。

行成の面持《おもも》ちに、苛立《いらだ》ちが見え隠《かく》れする。

晴明はそれを認め、不審《ふしん》げに眉根《まゆね》を寄せた。行成があんな顔をするとは珍《めずら》しい。

行成自身が脩子を伊勢に行かせたくないとでもいうようではないか。

「…………左大臣」

それまでひたすら沈黙《ちんもく》していた帝は、重い声で道長に命じた。

「晴明とふたりで話をしたい。人払《ひとばら》いを」

帝の声が異様に硬《かた》い。

「行成は、職務に戻《もど》ってくれ。晴明への使いの任、ご苦労だった」

道長の肩《かた》がかすかに震えた。

「……は」

一礼した道長は、行成と春清、守直に目配せをする。彼らはそれに従い、一礼ののちに立ち上がり、静かに寝殿《しんでん》から退出していく。

そのさなか、晴明は小声で神将を呼んだ。

「天后」

《ここに》

すぐ傍《かたわ》らに神気がある。

「陰陽寮《おんみょうりょう》の様子を見てきてほしい。吉平や吉昌たちに、怪我《けが》などないかを」

揺れは相当大きかった。この今内裏《いまだいり》は比較《ひかく》的無事であるようだが、物の多い陰陽寮で、落下物などで怪我をしていないか、気にかかる。

安倍邸については心配していない。あそこは特別な地だ。

《承《うけたまわ》りました》

神気が離れていく。晴明のそばにはもうひとり随従《ずいじゅう》している。青龍は存在を主張しないが、呼べばすぐさま顕現《けんげん》するだろう。

ふたりだけになった寝殿内は、重苦しい静寂《せいじゃく》に包まれた。

のしかかってくるような重圧がある。何度も意識してゆっくりと深呼吸をすると、雨音が響《ひび》きだした。ずっと降りつづいていたはずなのに、鼓動の音に掻《か》き消されていた。

「……晴明、近《ちこ》う」

老人は怪訝《けげん》に眉根《まゆね》を寄せた。擦《す》り膝《ひざ》で御簾《みす》の前まで進む。

「もっとだ。御簾の中へ」

「……しかし…」

「良い」

頑《かたく》なに言い張る帝に負けた晴明は、御簾をくぐって帝の前に端座した。

御簾の揺れが収まって、雨音のみの静寂が満ちる。

ふいに、揺れが生じた。

「……っ…」

晴明と帝は息を詰《つ》めて、反射的に身を硬くした。ひたすら黙《もく》して耐《た》える。

揺れは長くつづいた。

ようやくそれが収まった頃《ころ》、年若い帝は苦渋《くじゅう》に満ちた面持ちで口を開いた。

「……晴明。地の揺れは、何をさしているのだろうか」

うつむいた青年は、手にした扇をきつく握り締めている。力を入れすぎて指が白くなっていた。よく見れば、かすかに震《ふる》えている。

「この雨は天意にそまぬ雨だと、天照大御神は仰《おお》せられたのだという。ならば、地震は。国そのものである大地が震えるのは、我が意に誤りがあると、神がお怒りになっているのではないのか」

瞠目《どうもく》する晴明に、帝は悲痛にうめいた。

「我が子を……、本当は遠い伊勢《いせ》などに送り出したくはない……！　可能ならば、いかな手段を用いても阻みたい、手元に置いておきたい……！」

堪《こら》えきれなくなったように、帝の肩が震えた。

「私のその心を、神が、天が戒《いまし》めようと、地震《じしん》を起こしたのではないのか、晴明……！」

脩子はまだ五歳。そんな幼い娘を、伊勢になどやりたくない。父として、それが帝の偽《いつわ》りなき本心だ。

だが彼は、子どもの父であると同時に、この国に生きる民《たみ》すべての父でもある。

我が子可愛《かわい》さで道を踏《ふ》み外せば、数万の民に災厄《さいやく》が降りかかるかもしれない。

上に立つものとして、帝の地位にあるものとして、私《わたくし》で裁断を下すことは許されない。ならばせめて、少しでも自分の心が乱れぬように、心丈夫《こころじょうぶ》でいられるように、晴明の同行を願い、安倍家の姫を供に乞《こ》うた。

それが、公《おおやけ》の存在でいなければならない帝が示せる、個として唯一《ゆいいつ》の意思だったのだ。

「神の怒りが収まるならば、伏《ふ》して詫《わ》びよう。脩子を伊勢に送るとも誓《ちか》おう。しかし、心までは縛《しば》れない。行かせたくないという想《おも》いだけは、どうにもならぬのだ、晴明……！」

それすらも許されないのだろうか。胸に秘《ひ》めた想いすらも。

晴明が口を開きかけたとき、再び地震が襲《おそ》ってきた。

帝は何かを言いかけたが、音にできず唇を噛む。

口にしてしまえば言霊《ことだま》になる。言霊は神に届く。これ以上、口にすることはできない。

ただ、扇《おうぎ》を握《にぎ》り締《し》めて、肩を震わせる。

公私の狭間《はざま》で揺《ゆ》れ動く、ひとりの青年がそこにいた。

晴明は目を伏《ふ》せた。

無理もない。まだ、二十一歳なのだ。

「………長雨は、天意にそまぬものなのでしょう。ですが」

一言一言確かめるように発される晴明の言葉は、青年の耳に鮮《あざ》やかに響く。

「地震は、さにあらず。主上《おかみ》のご懸念《けねん》は、まったくの取り越し苦労《ぐろう》でございましょう」

びくりと肩を震わせて、帝はゆるゆると顔をあげた。

「……晴明、真《まこと》か」

「はい」

「信じてよいのか。お前の言葉は力を持っているという」

「いかにも。この晴明、主上が道を外れることは是《ぜ》としませぬ」

老人の断言が凜《りん》と響く。

帝は、晴明をひたと見据《みす》えた。思いつめた眼差《まなざ》しが晴明を射貫《いぬ》く。

「ならば晴明、一度だけ乞う」

「は…」

切迫《せっぱく》した声音《こわね》で、帝は言った。

「天照の天勅は真実であるのか、本当に脩子を伊勢に送らねばならないのか、占《せん》じてはくれないか」

結果は見えているのだ。それでも、何かの間違《まちが》いではないかという希望を捨てきれない。

晴明は厳《おごそ》かに頷《うなず》いた。

「畏《かしこ》まりましてございます」

そうして晴明は、帝に頭を下げた。

「天勅が真であるならば、姫宮様随行《ずいこう》の儀《ぎ》、仰せのままに。しかし、当家に預かる姫のことは、いましばらくのご猶予《ゆうよ》を」

雨音が響く。

ひどく長い時間、晴明は礼の形をとったまま微動《びどう》だにしなかった。

帝が口を開きかけたとき、またもや建物が揺れた。

「………」

晴明は目を細めた。帝の意に天が怒りを見せているということは決してない。しかし、この地異はただの自然現象ではないと、彼の直感が告げている。

揺れが収まるのを待って、帝は静かに応じた。

「わかった。………下がってよい」

力のない帝の言葉に、晴明はさらに深く頭を下げた。

◇　◇　◇

そうして、帝の御前を退出したのは、申の刻をだいぶ過ぎた頃だった。ひどく長い時間、晴明は帝とさしの対面をしていたことになる。

道長は、申の刻までは晴明たちの対話が終わるのを待っていたが、さすがに職務があるので大内裏に向かったということだった。

晴明はため息をついた。

道長がいなくて助かった。

帝の本心の吐露《とろ》は、本来あってはならないものだ。いかに左大臣相手であっても、それを漏《も》らすことはできない。

結局、帝との対面ののちに脩子に会ってほしいという行成の頼《たの》みを、反故《ほご》にしてしまった。

正直それどころではなかったからだ。

ふと、脩子の伊勢行きを聞いた折に行成が見せた表情を思い出した。妙《みょう》に気になる。

しかし、そのことにかかずらっている暇《いとま》はない。

思い直すと式盤《ちょくばん》の前に座を移し、晴明は険しさをはらんだ眼差しで盤を睨《にら》んだ。

盤を見据えたまま動かない晴明に、青龍が半ば呆《あき》れた顔をする。

「いくら占じたとて、姫宮の伊勢行きは覆《くつがえ》らないだろう。神宮《じんぐう》の者が、天照大御神の名を偽りに使うわけがない」

晴明とてそんなことはわかっている。帝の願いはただの足掻《あが》きだ。

頭では納得《なっとく》できたつもりでも、感情がついていかないのだ。だから、折り合いをつけるため、晴明に占を乞うたのである。

帝は天照の後裔《こうえい》だ。その神命にこめられたものが真であるか偽りであるか、思考ではなく本能で察する。

渋面《じゅうめん》を作っている老人に、青龍は容赦《ようしゃ》なくつづけた。

「天勅が真実であったなら、どうするつもりだ」

「わしは伊勢に行くよ。主上にも、そう申し上げたしな」

「お前が行くことはわかっている。問題は彰子姫だ」

晴明の表情が強張《こわば》る。目を向けると、まったく動かない神将の面持《おもも》ちがあった。

「伊勢にやるにしても、やらないにしても、ただでは済むまい」

「……宵藍、痛いところをつくな」

「俺は事実を述べているまでだ。現実から目を背《そむ》けていいことがあるのか」

「……ない」

うめいて、老人は深々と嘆息《たんそく》した。

「時々わしは、お前は実はわしを嫌《きら》いなんじゃないかと疑問に思うことがあるぞ。たとえば、いまだ」

意趣返《いしゅがえ》しのつもりだったが、青龍はまったく応《こた》えなかった。

「お前がどう思おうとそれはお前の感情だ。俺の意思とは関係がない。それに」

蒼《あお》い双眸《そうぼう》がきらりと光った。

「俺はもともと彰子姫に対して、特に思うことはない。お前が大切に扱《あつか》っているから、それに応じた扱いをしているだけだ」

晴明は思わず青龍を顧《かえり》みた。

朱雀といい、青龍といい、神将たちは時折いっそ清々《すがすが》しいほど明瞭《めいりょう》に己《おの》れの意思をあらわす。対象は違《ちが》えども、絶対の存在を最優先に据《す》えるところは徹頭徹尾《てっとうてつび》一貫《いっかん》している。

これらが極端《きょくたん》だというわけではないだろう。

現に紅蓮も、いざというときには晴明と昌浩を何よりも優先させる。彼が彰子に見せる優《やさ》しさは、青龍がいま言ったのと同じで、晴明や昌浩が彰子を大切に思っているからだ。

昌浩が彰子を護《まも》ると決めたから、紅蓮も彰子を護る。だが、昌浩と彰子のどちらが優先されるかといえば、紅蓮の心が彰子に傾《かたむ》くことは絶対にないのである。

それは、十二人しかいない同胞《どうほう》に対するものとはまったく別の思惟《しい》なのだろう。

「……なぁ宵藍、ひとつ訊《き》いてもいいか」

「なんだ」

唐突《とうとつ》に切り出した晴明に、青龍は胡乱《うろん》な様子だ。

「たとえばだ。わしと吉昌、妖《あやかし》に襲《おそ》われて絶体絶命だ。どちらを助ける？」

突拍子《とっぴょうし》もない設問に、青龍の胡乱さに輪がかかった。

「あえて答える必要があるのか？」

ないだろうよと内心で呟《つぶや》きながら、晴明はつづけた。

「では、わしと紅蓮が…」

青龍の目に殺気じみた険しさがひらめく。晴明は慌《あわ》てて言い換《か》えた。

「ではなくて、そうだな……勾陣が、同時に絶体絶命の危機に陥《おちい》ったとしよう。一方を助けたら一方が確実に命を落とすような状況《じょうきょう》だ。ほかの者たちは動けない。そうなったら、お前はどちらの許《もと》に向かう？」

「………」

今度は即答《そくとう》がなかった。青龍は沈黙《ちんもく》して、本気で悩《なや》んでいる。

晴明は、そういえば以前そういう状況があったなと思い出していた。

自分は天狐《てんこ》の血の暴走で冥府《めいふ》に向かう一歩手前で、勾陣は瀕死《ひんし》の重傷を負って命が風前の灯《とも》火《しび》だったのだ。

結局青龍は晴明の許に残り、紅蓮が勾陣の許に向かったのだが、それは天空の采配《さいはい》だ。青龍の意志ではなかったのである。

では、誰《だれ》にも何も指図されなかったら、青龍はどうしていたのだろう。

「……」

青龍はひたすら押し黙《だま》った。

あまりにも沈思《ちんし》しているので、問うた晴明のほうが申し訳ない気分になってきた頃《ころ》、神将はようやく口を開いた。

「……その場になってみなければ、わからん」

晴明は、うんと頷いた。

そうだろうとも。晴明と同胞とは別の次元で同等のものだろう。優先《ゆうせん》順位をつけるという発想自体が、十二神将たちの中には存在していないだろうと考えていた。どうやらそれは正しかったようだ。

「すまんな、ひどいことを訊いた」

青龍は渋面を作った。晴明に物申したいのだろうが、自制しているのだ。

自分は十二神将たちにとって、最初の主《あるじ》なのだ。

どれほど大切にされているのかを晴明は自覚している。神将たちの人間に対する感情は、まず晴明ありきなのだということもわかっている。

若いうちはそれでもよかったが、人間には寿命《じゅみょう》がある。晴明とていずれはあの川を渡《わた》る日が来る。そう遠いことではない。

晴明が願えば神将たちは安倍の者たちの許に留《とど》まってくれるだろう。だがそうなったとき、晴明の命令だからだけではなく、彼ら自身の意思もそこにあってほしいと思うのは、我が儘《まま》だろうか。

「……ないものねだりかのぅ……」

老人の呟きに、青龍は怪訝《けげん》そうに目をすがめた。

「なんだと？」

「いや、なんでもないよ。ただのひとりごとだ」

式盤に手をのばす。からからと音を立てながら盤を回転させ、読み解いていく。

しばらくそうしていた晴明は、やがて重い息を吐《は》き出した。

わかってはいたが、天勅《てんちょく》は事実だ。それを確認《かくにん》しただけである。

だが。

晴明は顔をあげた。

「朱雀、太陰」

呼ばれた神将が、一拍《いっぱく》置いて顕現《けんげん》した。

「どうした、晴明」

「何があったの」

晴明の声音《こわね》にある緊迫《きんぱく》したものを読んだふたりは、表情を引き締《し》めて主の命を待っている。

神将たちに向き直り、晴明は告げた。

「すまんが、これより伊勢《いせ》に赴《おもむ》いて、神宮の様子を窺《うかが》ってきてもらいたい。どうなっているのか、知る必要がある」

「伊勢？」

思わず聞き返す太陰に、晴明は頷《うなず》いた。

「そうだ」

天照大御神の天勅が下ったのは、数日前のことだ。磯部守直は可能な限り最速で都を訪《おとず》れたのだろうが、数日あれば事態は二転三転する。

そのとき、地震《じしん》が起こった。神将たちは恐怖《きょうふ》を感じることはないが、あまりにも頻発《ひんぱつ》しているので気にかけてはいる様子だった。

「またか…。今日だけでこんなに地震が起こるのは異常だぞ、晴明」

腕組《うでぐ》みをする朱雀に頷き、晴明は鋭利《えいり》な眼差《まなざ》しを外に向けた。

「雨といい、地震といい、確かに何かが起こっている。その原因を突《つ》き止めるためにも、伊勢の様子を調べてくるのだ」

ふいに晴明は苦笑《くしょう》した。

「すまんな、朱雀。天一が戻《もど》ってきたばかりだというのに」

朱雀は目を軽く見開いて、破顔した。

「気にするな。いま天貴《てんき》は異界で天空と太裳とともにいる。不安など微塵《みじん》もない」

天一が安全な場所で護《まも》られていることがわかっていれば、朱雀には恐《おそ》れるものなどひとつもない。

「行くぞ太陰」

「ええ。じゃ晴明、行ってくるわ。向こうから風を送るから」

妻戸を開けて簀子《すのこ》に出たふたりは、瞬《また》く間に太陰の突風《とっぷう》に包まれた。

晴明が白虎《びゃっこ》ではなく太陰を選んだことが、時間があまりないということを言外に告げている。

風の名残《なごり》が消えて静かな雨音が戻ってくると、晴明は息をついた。

ふたりからの報告があるまでは、できることはない。

「………いや、待てよ」

晴明の瞳《ひとみ》に何かがひらめいた。それを認めた青龍は、本能的に危機感を覚えた。

「晴明、何を考えている」

問いただそうと青龍が腰《こし》を浮《う》かしたとき、門のほうから帰邸《きてい》を報《しら》せる声がした。

昌浩が帰ってきたのだ。

物の怪の気配を感知した青龍は、不機嫌《ふきげん》そうに眉《まゆ》をひそめると、そのまま隠形《おんぎょう》した。

ひとり残った晴明は、困ったものだという風情《ふぜい》で苦笑する。

戻った昌浩を出迎《でむか》えている彰子の声が、途切《とぎ》れ途切れに聞こえてくる。雨音に紛《まぎ》れて何を言っているのかは判然としないが、おそらくずぶ濡《ぬ》れであろう昌浩を気遣《きづか》っているのだろうと思われた。

昌浩と物の怪がそれに応答しているようだ。ここから声だけを聞いていれば、微笑《ほほえ》ましいやり取りだ。

しかし、晴明とて昌浩の危《あや》うさに気づいている。

式盤に手を置いて、晴明はひとりごちた。

「……どうしたものかな」

昌浩の心についた深い傷。

どうすれば、それを癒《いや》すことができるのだろうか。

6

漆黒《しっこく》の闇《やみ》は、雨のせいで重さを増しているように思われた。

子《ね》の刻半ばを過ぎた頃、昌浩は久しぶりに部屋を抜《ぬ》け出した。

雨よけと暗視の術を自分にかける。

闇にとける暗い色の狩衣《かりぎぬ》と狩袴《かりばかま》。髷《まげ》をといて首の後ろで括《くく》り、手っ甲《こう》をはめた出《い》で立ちだ。

塀《へい》を乗り越《こ》えながら、昌浩はしみじみと呟《つぶや》いた。

「すごく久しぶりだなぁ」

路《みち》に飛び降りて、物の怪がつづくのを待つ。闇の中に白い異形がひらりと身を躍《おど》らせた。

ぱしゃんと音を立てて着地した物の怪は、既《すで》に泥《どろ》まみれの自分を不機嫌そうに見下ろした。

「むむむむむむむ」

「仕方ないよもっくん」

「むむむむむむむ」

釈然《しゃくぜん》としない様子で唸《うな》りながら、昌浩の隣《となり》を歩き出す。

こうして夜の都に出るのは、ひと月ぶりくらいだろうか。

出雲から戻ってきて、一度貴船に赴いたが、あのときは夜半過ぎには邸に戻っていた。夜半を過ぎてから邸を出るのは本当に久しぶりで、なんだか新鮮《しんせん》な気分だ。

「出ては来たが、どこに行くんだ、昌浩」

物の怪の問いに、昌浩は戻り橋に向かいながら答える。

「ちょっと、鴨川。決壊《けっかい》した堤《つつみ》の様子を見ておきたいと思って」

なんとか事なきを得たというが、雨がつづけば再び決壊する恐れがあるだろう。

土手際《ぎわ》で足を止めて、橋の下に停《と》まっている妖《あやかしぐるま》車に呼びかける。

「車之輔《くるまのすけ》ー」

輪の中央に浮かんでいる鬼《おに》の形相が、昌浩に気づいて嬉《うれ》しそうに笑った。

濡れた土手を滑り落ちないよう、器用に場所を選んで、妖車がのぼってくる。あと一尺程度でのぼりきるところまで来た瞬間《しゅんかん》、地震が起こった。

車体が揺《ゆ》れ、ぬかるんだ土手を滑《すべ》り落ちていく。

ひえぇぇぇぇぇぇっ！

昌浩には聞こえない車之輔の悲鳴が木霊《こだま》した。

「車之輔！」

青ざめた昌浩が土手をおりかけるのを、物の怪が阻《はば》んだ。

「よせ、足を滑らせたらどうする」

「でも！」

色を失う昌浩に、物の怪は半分呆《あき》れた様子で土手下を示した。

「輪を滑らせただけだ、心配ない」

堀川の川べりすれすれまで滑り落ちた車之輔は、青い顔をしながら車体をきしませている。

人間だったら息も絶え絶えでへたり込んでいる、といったところか。

気を取り直した車之輔が、慎重《しんちょう》に慎重に土手を上がってきた。

よいしょと言わんばかりで路に上がった車之輔は、目に涙《なみだ》をためながら物の怪に訴《うった》えた。

《式神様っ、地震が、地震が…っ》

「わかったわかった。とりあえず収まったから落ち着け」

ひんひんと泣き声をあげている車之輔、どうやら地震が恐ろしいようだった。

「もっくん…、車之輔、どうしたんだ？」

ただならぬ様子に、昌浩は心配そうにして輪に手をかける。

「……地震が苦手らしい」

「そうなんだ」

それは知らなかった。

昌浩は車之輔の車体をぽんぽんとなだめるように叩《たた》いた。

「車之輔、大丈夫《だいじょうぶ》か？　落ちたときにどこも痛くしなかったか？」

《は、はいご主人、やつがれはまったくの無傷です、どうぞお気遣いなく》

「……だそうだ」

俺を通訳にするなと抗議《こうぎ》することにそろそろ疲弊《ひへい》してきた物の怪は、聞かれる前に車之輔の言葉を伝えた。

「そうならいいんだけど。あのな、車之輔。鴨川まで連れて行ってほしい、決壊しかけたところを見たいんだ」

昌浩が頼《たの》むと、車之輔は車体の向きを変えて、後ろ簾《すだれ》を上げた。

物の怪を先にあげて、昌浩も車中に乗り込む。

車之輔は、鬼火《おにび》で路を照らしながら走り出した。

灯《あか》りひとつない路でも、車之輔は危なげなく駆《か》ける。

ぬかるんだ路はところどころ大きな水溜《みずたま》りが広がっていて、そこにはまらないように迂回《うかい》しながら進む。先日のように泥に輪を取られて往生することになったら、時間も余計にかかるし、物の怪に迷惑《めいわく》をかけることにもなるのだ。

それだけは避《さ》けなければと、車之輔は懸命《けんめい》だった。

そんな妖車の思いが伝わるのか、車中の物の怪は首の辺りをわしゃわしゃと掻《か》いた。

別に、はまってしまったら助け出すことは苦ではない。車之輔とて好きこのんではまるわけではないのだから、責める理由にはならない。

物見の窓から外を見ていた昌浩は、雨音とは別の水音を聞いた気がした。

そろそろ鴨川だ。

前簾を少し上げて目を凝《こ》らす。

雨の筋が見える。どうどうという重い音が大きくなってきた。

適当なところで停車した車之輔から降りた昌浩は、滑らないように注意しながら土手をのぼった。物の怪がそのあとにつづく。万一があったら支えるつもりなのだ。

土手をのぼりきった昌浩は、真っ暗な闇の中で唸りをあげる鴨川を見下ろした。

にごった泥水《でいすい》が飛沫を上げる。

思った以上に水が増えていた。

周囲を見回して、積みあがった土嚢《どのう》を認める。

「あそこだ」

土嚢の近くに移動して、堤の様子を確かめる。

昌浩が飛び跳《は》ねた程度ではびくともしないが、全体的に地盤《じばん》はゆるんでいるのだろう。

片膝《かたひざ》を折って堤に手を置き、昌浩は呼吸を整えた。

「……禁」

短い呪《しゅ》をかける。破れることを禁じたが、果たしてどこまで持つだろうか。

昌浩の術よりも、荒《あ》れ狂《くる》う水の流れのほうが強いに違《ちが》いない。

「気休め程度だな」

「うん。でも、やらないよりはいいから」

雨雲に覆《おお》われた天を仰《あお》ぐ。大粒《おおつぶ》の雨滴が絶え間なく降り注ぎ、やむ兆《きざ》しは一向に見えないのだ。

「止雨の祈念《きねん》、どうするんだろう」

晴明が帝《みかど》に召請《しょうせい》されたのは、そのことについて奏上させるためだろうが、陰陽寮《おんみょうりょう》にはなんの通達もなかった。

昌浩のような下位のものは知らないだけで、上層部は日取りなどを詰《つ》めているのだろうか。

「でも、父上も何も言っていなかったし…」

天文博士《はかせ》である吉昌が知らないはずはないだろう。ならば、今日の召請はそのことについてではなかったのだろうか。

「嫌《いや》な雨だよなぁ」

本当に嫌そうに呟いて、昌浩はもう一度川面《かわも》を顧《かえり》みた。

渦《うず》を巻く激流は、落ちたら命がないだろう。

「ね、もっくん。天后とか玄武だったら、川の水をどうにかできたりしないのかな」

昌浩とともに川を眺《なが》めていた物の怪は、渋《しぶ》い顔で唸った。

「一時的には何とかできそうな気もするが…。でもなぁ、根本的な解決にはならないだろう」

「そうだけどさ。一時的にでもどうにかできるんだったら、そのほうがみんなも安心できるし」

雨を止めることは難しいと思う。天候は神将の力の及《およ》ぶところではないからだ。

「俺にはなんとも言えんな。帰ったら晴明に聞いてみろ」

「そうする」

こくりと頷《うなず》いて、昌浩は身を翻《ひるがえ》した。のぼってきた土手を、今度は滑らないように慎重に降りる。

そろそろと、場所を選んで足を運び、なんとか無事に降りきった。

「車之輔、都に帰ろう」

昌浩が足を滑らせて川に落ちはしないかとはらはらしていた車之輔は、ほっとした様子で轅《ながえ》を揺らした。

がらがらと輪の音が響《ひび》く。

路《みち》のぬかるみがひどくて、だいぶ迂回した。

都に戻《もど》ってきたのは丑《うし》の刻半ばに近い頃《ころ》だ。

車中で片膝を抱《かか》えながら、昌浩は難しい顔をしていた。

「今日は地震《じしん》がやけに多かったよね」

「だな。都であれだけ揺《ゆ》れが起こるのは珍《めずら》しい」

「うん。俺も、あんまり記憶《きおく》がない」

最初の揺れがひときわ大きく、そのあとは断続的に小さな揺れが頻発《ひんぱつ》した。

陰陽寮で見た金色の龍《りゅう》も気にかかる。

「あの龍、高淤《たかお》の神とはかかわりないよね、たぶん」

「……だと、思うんだがなぁ」

目をすがめて煮《に》え切らない物の怪に、昌浩は怪訝《けげん》そうな目を向ける。

物の怪は眉間《みけん》にしわを寄せた。

「高龗神の本性《ほんしょう》は銀色の龍だ。俺たちが昼間見たのは金色だったから、まあ、貴船の祭神じゃないことは確かだよな」

「あのまま消えちゃったけど、なんだったんだろうね」

考えられることは、何かの化身《けしん》だという可能性。

「龍、かぁ…」

ふと、物の怪は瞬《まばた》きをした。

「ああ、そういえば、この国も龍だったな」

「うん？　なんだって？」

意味がわからない昌浩が訝《いぶか》るので、物の怪は説明してやった。

「日本も龍の形をしてるんだ。北のほうが頭で、西のほうが尻尾《しっぽ》だな」

南北に細長い形を龍に見立てているのだ。

「そうなんだ。もっくん、よく知ってるね」

「これでも神の末席だからな」

「龍の形の国、か…」

がらがらと響く輪の音を聞きながら、昌浩は息をついた。

昼間に目撃《もくげき》した龍は、昌浩たちを睥睨《へいげい》していた。その双眸《そうぼう》には、怒りのようなものが燃え立っていたような気がする。

あの龍は、いずこかの神なのだろうか。昌浩の知らない神が、人間に怒りを覚えて雨を降らせているということは考えられないか。

神の怒りに起因する雨だから高龗神は手を出そうとしない。そういうことなら、納得《なっとく》はいく。

しかし、貴船の祭神は日本でも五指に入る神なのである。その高位な神格をもってしても止められない神とは、いったい何者なのだろう。

考えても答えは出ない。昌浩は右のこめかみをほぐして首を動かした。

考え込むと肩《かた》が凝る。

「今日はもう邸《やしき》に帰るぞ。明日も出仕だ、休め」

物の怪が尻尾を振《ふ》る。昌浩はおとなしく頷いた。

「車之輔、安倍の邸に戻ってくれ」

車中から声をかけた昌浩の耳に、幾《いく》つもの声が届いた。

「おお――――い」

「おお――――い」

「ん？」

訝って物見の窓を開けた瞬間《しゅんかん》、合唱が響いた。

「孫――――！」

「…………」

昌浩は、黙《だま》って物見の窓を閉めた。何も聞こえなかったような顔をして腰《こし》を下ろす昌浩を眺めながら、物の怪は耳をそよがせた。

そんな物の怪に、車之輔が恐《おそ》る恐る問いかける。

《あの、式神様。いかがいたしましょう、皆《みな》さんが……》

「いい、昌浩が何も言わないから放っておけ」

昌浩は物の怪を一瞥《いちべつ》する。車之輔が何を言っているのか、大方の予測がついた。

外からは、相変わらずにぎやかな声がする。

「おおーい」

「まーごやーい」

「まごったらまごー」

昌浩の目がすがめられる。それでも何も言わない。

物の怪は首を傾《かたむ》けて思案に暮れた。どうしたものか。それにしても、雑鬼《ざつき》たちの声が随分《ずいぶん》近い気がする。

本当に近く。ほとんど距離《きょり》のないような――。

物の怪は瞬きをして天井《てんじょう》を仰いだ。まさか。

夕焼けの瞳《ひとみ》が天井に据《す》えられたまま動かないのを見て取り、昌浩もはっとした。同じように上を向くと、元気《げんき》一杯《いっぱい》の声がした。

「まーごや――――い」

がらっと音を立てて、物見の窓が開く。そうして、丸い物体が飛び込んできた。

昌浩の横に転がり落ちた丸いものが、べしゃっと音を立てる。

「うわったぁ…、あいててて」

起き上がって頭を押さえる一つ鬼を、昌浩はじと目で睨《にら》んだ。

「勝手に入ってくるな」

「おっ、なんだよ、いいじゃないか。車はいつでも俺たちにどうぞって言ってくれるぞ」

開いた窓から、残りの二匹《ひき》が順番に入り込んでくる。

「おお、いたいた。ま……」

昌浩の頭めがけて飛び込もうと構えた猿鬼が、ふいに目をしばたたかせて黙り込んだ。あとにつづいて来た竜鬼も、窓の桟《さん》にしがみついたまま動きを止める。

雑鬼たちを振り落とさないように、車之輔が速度をゆるめた。ぱしゃぱしゃという水を撥《は》ね上げる音が小さくなる。

蛇行《だこう》していた車之輔は、車内がやけに静かなことに気がついて訝った。

どうしたのだろうか。

都に入ってすぐに、雑鬼たちと遭遇《そうぐう》した。彼らはひょいっと屋形に飛び乗ってきて、車之輔とこそこそ会話をした。

捜《さが》してたんだよ、孫は乗ってるんだろ？　報《しら》せたいことがあるんだけど、せっかくだからちょっと余興を思いついたんだ。驚《おどろ》かせてやろうかと思ってさ。そこの窓から入ったらびっくりするよな。どんな顔をするか楽しみだ。

三匹とも目をきらきらさせながら、口々に言い募《つの》り、仕方がないですねとため息ひとつで許してくれた車之輔に礼を言って、せーので声をあげたのである。

落ちないように気をつけながら物見の窓を開けたのは猿鬼。振り子のようになって一つ鬼を中に放り込んだのは竜鬼。本妖《ほんにん》たちにとっては残念ながら昌浩の上には落ちなかったようだが、それでも驚いたに違《ちが》いない。

だが、予想していたような昌浩の怒号《どごう》や、騒《さわ》ぎ声は聞こえなかった。

完全に停車して、車之輔は車内の様子を窺《うかが》った。


灯《あか》りひとつない車内では、眉根《まゆね》を寄せた昌浩が、雑鬼たちを半眼でねめつけていた。

一方の雑鬼たちは、強張《こわば》った面持《おもも》ちで昌浩を見返している。

双方《そうほう》の様子を眺《なが》めていた物の怪は、雑鬼たちが困惑《こんわく》したように互《たが》いの顔をちらちらと見ていることに気がついた。

瞬きをして、物の怪は渋《しぶ》い顔をした。夕焼けの瞳がきらりと光る。

「……………存外、勘《かん》がいいな」

誰《だれ》にも聞こえないよう、口の中だけでぼそりと呟《つぶや》く。

小動物は脆弱《ぜいじゃく》であるがゆえ、直感が非常に鋭敏《えいびん》だ。それは、雑鬼でも例外ではなかったらしい。

一目見て、昌浩がいつもと違うことに気づいたのだろう。

久方ぶりにちょっかいを出そうと思っていたのに、今日の昌浩にはそれを許さない何かがあった。以前の昌浩は、口では何を言っていても、雑鬼たちには隙《すき》を見せていたし、彼らのすることを許していた。

許されていることを知っていたから、雑鬼たちは好き勝手に昌浩を潰《つぶ》せていたのである。

だが、いまの昌浩にはその鷹揚《おうよう》さが見受けられない。なんだか違《ちが》う。

雑鬼たちは明らかに戸惑《とまど》っていた。

昌浩本人には雑鬼たちの困惑が理解できない。しばらくねめつけていたが、やがて怪訝《けげん》そうに首を傾《かし》げた。

雑鬼たちの腰が引けているように見える。なぜだろうか。

「……何か、用か」

昌浩がつっけんどんに問うと、三匹は顔を見合わせた。代表して猿鬼が口を開く。

「あの、よぉ…。昼間に、朱雀大路で、金色の龍《りゅう》が出てきたんだ」

「え?」

昌浩の目の色が変わる。物の怪が身を乗り出した。

「本当か?」

「ほんとだよ。朱雀大路を大内裏《だいだいり》に向かってたら、水溜《みずたま》りの中から出てきたんだ」

「水溜り…？」

呟く昌浩に、竜鬼が前足を振る。

「水溜りって言うより、土の中から出てきたみたいだったぞ。そのあと、朱雀大路を泳いで、そのまま出てこなくなった」

大内裏の方角に向かっていたという。

昌浩は雑鬼たちに詰《つ》め寄った。

「それ、いつ頃《ごろ》？」

昌浩たちが内裏の上空に金色の龍を見たのは、退出間際《まぎわ》だ。時刻は申《さる》の刻終わりだったと記《き》憶《おく》している。

「お前たちが退出してくるくらいだった。報せようと思って大内裏に行ったけど、お前たちももういなかったから」

もう一度安倍邸《てい》に行こうかとも思ったが、地震《じしん》がやけに多く、なんだか気味が悪くて、近くの無人邸で雨宿りをしていたのだということだった。

昌浩は難しい顔をした。

「退出の頃《ころ》なら、申の刻終わり……」

まさに昌浩たちが龍を見た頃だ。

雑鬼たちの前に現れた龍は、朱雀大路を北上し、内裏上空に姿を見せ、そのまま雲間に消えた。

成親が頭《かみ》に報告するといっていたが、その後どうなったのかは昌浩と物の怪は知らない。明日また尋《たず》ねようと思っていた。

物の怪の耳がそよぐ。

「――――地震だ」

全員はっとした。

ぐらりと車体が揺《ゆ》れる。車之輔が引き攣《つ》った様子で息を呑《の》む気配が伝わってきた。

雑鬼たちは身を寄せて、揺れが収まるのを待っている。

昌浩は険しい面持ちで片膝《かたひざ》を立てた。

朱雀大路を泳いでいたという龍。朱雀大路は南北を走る都の中心だ。向かったのは要《かなめ》である大内裏。

うなじの辺りに、ちりちりとしたものが生じた。思わずそこに手を当てて、無意識に体勢を変える。

刹那《せつな》、下から突《つ》き上げられるような衝撃《しょうげき》が襲《おそ》ってきた。

「何かが…！」

物の怪が全身の毛を逆立てる。

「出ろ！」

後ろ簾《すだれ》を撥ね上げて、物の怪と昌浩は硬直《こうちょく》した雑鬼たちを引きずり出す。

「車之輔、よけろ！」

転がり出ながら怒号した瞬間《しゅんかん》、車之輔の真下の水溜りに大きな飛沫《しぶき》が上がった。

《ひいぃぃぃぃぃっ！》

車体が撥ね上げられ、横倒《よこだお》しになった。轟音《ごうおん》が響《ひび》く。

「車之輔！」

昌浩が色を失って叫《さけ》んだ。同時に、水溜りと、その下の地面から、金色に輝《かがや》く龍が躍《おど》り出た。

7

長大な龍身が土中から飛び出してくる。

雑鬼《ざつき》たちは悲鳴を上げて転げるように走り出した。

路《みち》の端《はし》に植えられている柳《やなぎ》の木で、ここが朱雀大路だということがわかる。横倒しになった車之輔は懸命《けんめい》にもがいているが、体勢を立て直すことができない。

金龍の双眸《そうぼう》が燃えている。無様に倒《たお》れた牛車《ぎつしや》を睥睨《へいげい》し、長大な龍身が大きくうねった。

自分を阻《はば》もうとした車に怒りを覚えているのか、大きくあぎとを開けて飛びかかってくる。

昌浩は印を組んだ。

「オン、アビラウンキャン、シャラクタン!」

金龍がなんなのかはわからない。だが、車之輔を守らなければ。

「オン、キリキリバザラ、ウンハッタ!」

車之輔の周囲に半球の障壁《しようへき》が織り成される。直後、金龍の牙《きば》が襲い掛《か》かってきたが、音を立てて弾《はじ》き返された。

龍身が大きくのけぞる。しかし龍はすぐさま体勢を整え、邪魔《じやま》をした昌浩に視線を据《す》えた。

すべてが金色の龍の眼《め》が、ひときわ強い輝きを放つ。

「もっくん！　いまのうちに車之輔を！」

物の怪はちっと舌打ちをした。その白く小さな体が緋色《ひいろ》の闘気《とうき》に包まれる。瞬《また》きひとつで本《ほん》性《しょう》に立ち戻《もど》った紅蓮は、昌浩の障壁を越《こ》えて車之輔の傍《かたわ》らに膝《ひざ》をついた。

《し、式神様、申し訳、申し訳ありません…っ！》

泣きながら謝ってくる車之輔の車体を起こし、苛立《いらだ》ちのままに叫ぶ。

「いいから離《はな》れろ！　詫《わ》びは後でいくらでも聞いてやる！」

車之輔はよろよろと走り出す。そんな妖車《あやかしぐるま》に、雑鬼たちが駆《か》け寄ってきた。

「車っ！」

「大丈夫《だいじょうぶ》か車！」

「あっちのほうだ！」

朱雀大路と直角に交《まじ》わる東西の路。うちのひとつを曲がり、昌浩たちの足手まといにならないように距離《きょり》をとる。

それでも車之輔は、完全にそこから離れることはしなかった。車体の向きを変え、呼ばればいつでも駆けつけられるようにと心構えをする。

一方、昌浩は龍と対峙《たいじ》していた。

土中を自在に泳ぎ回る龍は、沈《しず》んでは浮《う》かび上がってくる。昌浩と紅蓮が気を凝《こ》らしてあとを追っても、神出鬼没《しんしゅつきぼっ》で予測ができない。

「ちっ！」

舌打ちをした紅蓮は、真紅《しんく》の炎蛇《えんじゃ》を召喚《しょうかん》した。出てきたところに、口腔《こうこう》めがけて炎蛇を叩《たた》き込んでやる。

地が揺れた。同時に土中から龍《りゅう》が飛沫を上げて躍り出る。

「はあっ！」

紅蓮の炎蛇が幾重《いくえ》にも分かれて突進《とっしん》した。龍身に絡《から》みついて締《し》め上げる。だが、雨で瞬く間に勢いが削《そ》がれていく。

邪魔な炎《ほのお》を身を震《ふる》わせて振《ふ》り払《はら》った龍に、昌浩の術が放たれた。

「臨《のぞ》める兵《つわもの》闘《たたか》う者、皆陣《みなじん》列《やぶ》れて前に在《あ》り！」

裂帛《れっぱく》の気合いとともに、霊力《れいりょく》の刃が龍のあぎとを切り裂《さ》いた。

ばくりと裂けた傷口から金の光が迸《ほとばし》る。返り血のようにそれを浴びた昌浩は、唐突《とうとつ》に悪寒《おかん》に襲われた。

「なん…っ…」

力が抜けて、がくりと片膝をつく。

昌浩の視界に、深遠の暗闇《くらやみ》が見えた。

「え…？」

ごうごうと重い水が流れているような音がする。暗闇の奥深くに、ねっとりとした熱気がわだかまっている。

「昌浩！」

動けない昌浩の前に滑《すべ》り込み、向かってきた龍を神気の渦《うず》で弾き返す。

怒号《どごう》のような唸《うな》りが轟《とどろ》いた。

荒《あ》れ狂《くる》う龍の眼《まなこ》が紅蓮を射貫《いぬ》く。

龍の息吹《いぶき》が紅蓮に叩きつけられた。重い息吹がたくましい体軀《たいく》に絡みついて動きを封《ふう》じようとする。

「…なに？」

腕《うで》を振り払って息吹を四散させた紅蓮は、瞬《まばた》きをした。

この波動、どこかで感じたことがないか。

神気ではない。ということは、この龍は貴船の祭神のような神の化身《けしん》ではない。

だが、妖でもない。禍々《まがまが》しさが皆無《かいむ》だ。

これは、もっと強く、もっと深く、ひそかに息づいているような波動。

覚えている気もするが、それがなんなのかどうしても思い出せない。

龍が苛立ったように身を震わせた。

同時に、地が震動《しんどう》した。

御帳台《みちょうだい》の横で目を閉じていた風音は、ふと瞼《まぶた》をあげた。

「……なに…？」

宿直《とのい》の女房《にょうぼう》は、何枚も重ねている袿《うちぎ》を掛布《かけふ》代わりに休むのだ。畳《たたみ》に横たわって単《ひとえ》一枚の上に幾枚《いくまい》かの袿を掛けて横になったのは、確か子《ね》の刻の半ば頃《ころ》だったと思う。

いまは何刻頃だろう。月か星が出ていれば予測がつくのだが、雨で両方とも隠《かく》されてしまっているのでわからない。

風音の傍らに六合が顕現《けんげん》する。

「彩輝《さいき》。いま、いつくらい？」

「丑《うし》の刻を過ぎている」

雨音と風に紛《まぎ》れて、かすかに伝わってくるものがある。

「これは騰蛇の闘気だわ。何があったのかしら」

騰蛇は通常あの白い異形の姿で神気を抑《おさ》えている。異形のままでも通力を振るうことはできるようだが、本性に戻っているということは何かがあったのだ。

身を起こした風音が袿の袖《そで》に腕を通す。膝を折った六合は、御帳台の中で眠《ねむ》っているはずの脩子を起こさないように声をひそめた。

「ああ、何かと戦っているようだ」

騰蛇の神気は苛烈《かれつ》だ。離れていても、伝わってくる。これで封印《ふういん》されているのだから、大したものである。

風音は立ち上がった。

「気になるわ」

そのとき、地震《じしん》が起こった。さほど大きいものではないが、長い。

ぐらぐらと御帳台が揺《ゆ》れる。風音は帳の隙間《すきま》から帳台の中をそっと覗《のぞ》きこんだ。

袿に包《くる》まった脩子が、安心しきった様子で寝息《ねいき》を立てている。風音はほっとしたように微笑《ほほえ》んだ。

「騰蛇たちのところに行くわ」

六合は帳台を一瞥《いちべつ》する。その視線の意味するところを正確に理解し、風音は頷《うなず》く。

「大丈夫。それに、私がついていることになっているから、ほかの女房たちは来ないはず。姫宮が呼べば別だけど、目覚めても心配ないわ」

六合は思慮《しりょ》深い目をした。

「俺も行こう」

頻発《ひんぱつ》している地震が気になっている。

宵《よい》の頃、言伝《ことづて》を聞いた勾陣がこの対屋《たいのや》を訪《おとず》れた。

風音と同様に、土将である勾陣もまた、地震を察知できなかったといっていた。

たとえば術者の呪詛《じゅそ》など、人為的《じんい》に起こされたものなら、彼女たちが察知できなくても不思議はない。だがその場合、大陰陽師《だいおんみょうじ》たる安倍晴明が気づかないはずはないのだ。

晴明に気づかせないほど巧妙《こうみょう》に術を扱《あつか》える術者など、そうそういはしないだろう。だが、皆無ではない。

六合の目許《めもと》に険がにじんだ。

少なくとも、ここにひとりいる。

風音と同等のものならば、この地震を起こすことは可能だろう。

心当たりはある。先日風音と同等に対峙した、白い女だ。

風音は動きやすいよう、普段《ふだん》は下ろしている髪《かみ》を結《ゆ》い上げている。

またもや微震《びしん》が生じた。建物がきしむ。

軒《のき》に下がった吊《つ》り燈籠《どうろう》がかすかに揺れている。

「やはり、お前は残れ」

手を止めて、風音は六合を見上げた。

「彩煇?」

「地震が自然のものでなく、何ものかの手によるのであるとしたら、姫宮のそばを離《はな》れるべきではない」

あの白い女のことをさしているのだと察した風音は、こくりと頷いた。

「わかったわ」

「なるべく早く戻《もど》る」

言い置いて、六合は音もなく隠形《おんぎょう》した。

神気が消える。

息をついた風音は、結い紐《ひも》をほどいて髪を下ろした。雨の湿気《しっけ》で重くなった髪は、くせもつかずに背を覆《おお》う。

立ち上がり、対屋を静かに出る。

外に出ると、雨音が満ちていた。雨が地を叩《たた》く音以外聞こえない。

しとった簀子《すのこ》は、はだしの足を冷たくする。寒さには強いが、それを感じないわけではない。

雨足は衰《おとろ》える様子がない。

天を見上げて眉根《まゆね》を寄せたとき、またもや地震が起こった。

朱雀大路が揺れ動く。

それまでとは桁違《けたちが》いの震動が生じ、同時に地中から何かがわきあがってくるような衝撃《しょうげき》が伝わってきた。

昌浩が体を起こそうと地についた手のひらに、ざわざわとしたものがまといついてくる。

「この下に、何か、いる…!?」

地震がさらに威力《いりょく》を増す。均衡《きんこう》が取れない。両手をついて必死に体を支える。

朱雀大路沿いに立ち並ぶ邸《やしき》の中から悲鳴が聞こえた。

舌打ちする紅蓮が昌浩の襟足《えりあし》を摑《つか》んで立ち上がらせる。

「大丈夫《だいじょうぶ》か、昌浩」

「な、なんとか…」

龍の体から迸《ほとばし》ったものから受けた感覚は、既《すで》に消えていた。あれはなんだったのだろう。

「…あれ?」

ふいに、昌浩の中で何かが引っかかった。以前、似たようなことがなかったか。思い出せない、勘違《かんちが》いだろうか。

龍の放つ力は恐《おそ》ろしいほど強い。刻一刻と、それは増しているようだった。

「紅蓮、この龍、いずこかの神様なのかな」

昌浩の問いに、紅蓮は首を振《ふ》った。

「いや、そうとは思えない。龍が放っているのは神気とは別のものだ」

だが、昌浩も感じている。異形の妖《あやかし》とも違《ちが》うのだ。

長大な身をくねらせた龍は、尾《お》の先で地面を叩いた。泥飛沫が上がる。

ばしゃばしゃと泥飛沫を上げて、全身で憤激《ふんげき》を表現しているかのようだ。

龍は大きくあぎとを開いた。唸《うな》り声が響《ひび》き、大地が揺れた。

昌浩と紅蓮は確信した。この地震は、龍が起こしている。

「じゃあ、こいつを倒《たお》せば地震は収まる」

揺れるたびに青い顔をしている彰子の面差《おもざ》しが脳裏《のうり》をよぎる。昌浩はきっと龍を睨《にら》んだ。

「倒す」

言い放つと同時に昌浩は、紅蓮の横をすり抜《ぬ》けて龍の眼前に飛び出した。

「昌浩！」

隙《すき》をつかれた紅蓮が叫《さけ》ぶ。昌浩は印を組んで息を吸い込んだ。

「ナウマクサンマンダ、センダマカロシャダ、ソワタヤウンタラタ、カンマン！」

不動明王《ふどうみょうおう》の印を結び、龍に据《す》える。

「ナウマクサラバタ、タァギャティビヤク、サラバボッケイビヤク、サラバタタラタ、センダマカロシャダ、ケンギャキギャキ、サラバビギナン、ウンタラタ、カンマン！」

真言が完成する。昌浩が龍にかけたのは、動きを封《ふう》じて一切《いっさい》を破壊《はかい》する術だ。

龍身が足掻《あが》くように身を震《ふる》わせた。

「――――――!」

形容できない怒号《どごう》が龍の口から迸る。

昌浩の瞳《ひとみ》の奥に、凄絶《せいぜつ》な光が宿った。

このまま打ち倒す。一切、形も残さぬまでに。

「ナウマクサンマンダ、バザラダン、タラタアモガ、センダマカロシャダ、ソワタヤウン、タラマヤタラマヤ、ウンタラタ、カンマン!」

結印に燃え上がる炎が宿ったように、放たれる霊力《れいりょく》が熱を帯びて迸る。

印をとき、右手一本で刀印を結ぶ。

「万魔《ばんま》、拱服《きょうふく》――――!」

袈裟《けさ》懸《が》けに切り下ろした刀印は、炎の力を伴《ともな》って灼熱《しゃくねつ》の刃と化した。

長大な龍身が、一刀両断にされた。

真ん中に一本の筋が走り、龍身が左右に広がってゆっくりと倒れていく。

水飛沫《みずしぶき》が上がるかと思われたが、半分になった龍身は地に落ちる前に崩《くず》れ去った。

昌浩は肩で息をしながらそれを凝視《ぎょうし》していた。

「……やった、か…?」

注意深く辺りの様子を窺《うかが》うが、龍の気配は消えている。

体勢を立て直し、昌浩は息をついた。

一連を凝視していた紅蓮は、剣呑《けんのん》に目を細めた。

倒すと断言して飛び出した昌浩の背には、仄白《ほのじろ》い炎の幻影《げんえい》が重なって見えていた。

あれは、天狐《てんこ》の炎だ。道反の勾玉《まがたま》によって抑制《よくせい》されている異形の炎が、視覚化されるほど強く燃え上がったのだ。

昌浩の感情に反応して。

額の汗を拭《ぬぐ》う昌浩に歩み寄り、紅蓮は静かに問いかけた。

「昌浩、ひとつ訊くが」

「なに？」

肩越《かたご》しに振り返った昌浩の表情は、いつもどおりだ。先ほど見せた不穏《ふおん》な光は、瞳にもう残っていない。

「龍を倒すと言ったとき、お前、何を考えた？」

「え…？」

質問の意図がつかめず、昌浩は怪訝《けげん》そうに瞬《まばた》きをした。

「何を…て、龍を倒すことだけ考えてたよ」

「それだけか」

困惑《こんわく》しながら頷《うなず》いて、険しい面持ちの紅蓮を不思議そうに見上げる。

「ほかに何もないよ。あいつが地震の原因なら、倒さないと、みんなが怖《こわ》い思いをするじゃないか」

「たとえば、誰《だれ》が？」

「え…彰子とか、車之輔とか、とにかく、みんな」

彰子の名を口にしたとき、昌浩の瞳に仄白い炎が見えた。

表情を保ったまま、紅蓮は歯嚙《はが》みしたい心境にかられた。昌浩には自覚がまったくないのだ。

危《あや》うさに輪がかかっている。このまま放っておくと、危険だ。

紅蓮の懸念《けねん》を知らない昌浩は、自分の手のひらを見つめて剣呑に呟《つぶや》いた。

「……まだ、だめだ。こんなんじゃ…」

晴明だったらもっと速く、もっと的確に死角をついて、時間をかけず効果的に化け物を退治ることができるだろう。

力が足りない。勁《つよ》くなりたいのに、時間も知識も何もかもが足りていない。

焦燥感《しょうそうかん》が胸を満たす。こんなにも自分は未熟だ。

「紅蓮、もう大丈夫だろうから、帰ろう」

そこに、様子を見ていた車之輔が駆《か》けつけてきた。車中から雑鬼《ざっき》たちが出てくる。

「帰るのか？」

一つ鬼の問いに、昌浩は頷いた。

「ああ、帰る。お前たちも、早くねぐらにもどれよ」

猿鬼と竜鬼は物言いたげな顔で昌浩を見上げていたが、黙《だま》ったまま首肯《しゅこう》した。

昌浩が車之輔に乗り込んでいる間に、紅蓮は雑鬼たちを呼びつけた。

「おい」

三匹《びき》はびくりと身を震わせる。そろそろと振り返った雑鬼たちに、紅蓮は声をひそめた。

「何か言いたそうな顔をしていたな、どうした」

「え……あ、いや…」

「別に…特に…」

「なぁ…」

言い澱《よど》み、妖車を一瞥《いちべつ》する。紅蓮もまた車之輔を見やり、再び雑鬼たちに視線を戻《もど》した。

「いいから言ってみろ。昌浩には言わん」

三匹はほっとした様子で、口を切った。

「昌浩には、言わないでくれよ。気を悪くさせるのやだし」

「なんか…、いつもみたいに戦ってたけど」

猿鬼と竜鬼につづいて、一つ鬼が遠慮《えんりょ》がちに発言した。

「なんていうか、……怖かった」

紅蓮は瞑目《めいもく》した。脆弱《ぜいじゃく》な生き物は、聡《さと》い。

瞼《まぶた》をあげて、紅蓮は厳《おごそ》かに告げた。

「そうか……。昌浩には言わないから安心しろ」

「絶対だぞ」

「ああ。これでも神の末席だ、騙《だま》すことはしない」

雑鬼たちは胸を撫《な》で下ろした。

「紅蓮、どうした？」

車中から昌浩が顔を出す。紅蓮は片手をあげた。

「いま行く」

お前たちも行けというように手を振《ふ》って、紅蓮は物の怪の姿を取った。

白い四肢《しし》が汚《よご》れないように、物の怪は身軽に跳躍《ちょうやく》して車中に飛び込む。

物の怪が乗ったのを受けて、車之輔はゆっくりと走り出した。

「もっくん、雑鬼たちと何話してたんだ？」

「んー、ちょっとな」

思案している風情《ふぜい》で返事をする物の怪に、昌浩は軽く笑って、思いついたように上目遣《うわめづか》いになった。

「あ、もしかして、紅蓮のときは見た目が怖いとか、言われたんじゃない？」

夕焼けの瞳が昌浩に向けられる。

「まぁ、そんなところだ」

「やっぱりなぁ、紅蓮は大きいから、どうしても怖く見えるのかもね」

穏《おだ》やかな声音《こわね》も、軽い語調も、いつもの昌浩だ。さっき見せた不穏な炎は、一過性のものであったと思いたい。

だが、おそらくそうではないのだろう。

昌浩の中に、何かが育とうとしている。それは決して好ましくないものだ。

がらがらという輪の音が、突然《とつぜん》やんだ。

車之輔が急に停《と》まったので、昌浩と物の怪は体勢を崩しかけた。

「車之輔？」

「どうした？」

怪訝そうなふたりに、車之輔は慌《あわ》てふためきながら答えた。

《ああっ、申し訳ありませんっ、驚《おどろ》いてしまって、つい急停車を……！》

後ろ簾《すだれ》がばさりと上がる。その向こうに立っていた影《かげ》を認めて、昌浩が声をあげた。

「六合」

雨の中、夜色の霊布《れいふ》をまとった六合がたたずんでいる。若干《じゃっかん》の神気を放って雨を弾《はじ》いているる六合は、まるで白い飛沫に包まれているようだった。

「六合、どうしたんだ」

昌浩の横から身を乗り出した物の怪に、六合は淡々《たんたん》と告げた。

「お前の闘気《とうき》が伝わってきた。何があった」

そのことか。

「六合、乗りなよ」

昌浩が身を引いて、六合が入れるだけの空間を作る。ひょいと乗り込んできた六合が胡坐《あぐら》を組むと、さすがに窮屈《きゅうくつ》になってきた。

「もっくん、こっち」

「ん」

物の怪が昌浩の肩《かた》に飛び乗ったので余裕《よゆう》ができた。

車之輔が静かに走り出す。

昌浩は六合の対角に移動した。黄褐色《おうかっしょく》の瞳《ひとみ》が静かに昌浩を見ている。

「龍《りゅう》が出たんだ。地震を起こしてたのは、そいつだったらしい」

「一応、昌浩が退治た。……と、思う」

「思う、てなんだよ。退治たよ、ちゃんと」

眉間《みけん》にしわを寄せる昌浩に、物の怪は耳をそよがせる。

「たぶんな。……なんとなく、終わった気がしない」

「そ…」

反論しかけた瞬間《しゅんかん》、走行の振動《しんどう》とは別種の揺《ゆ》れを感じた。

車之輔が停車して、かたかたと震《ふる》える。

昌浩は血相を変えた。

「また、地震…⁉」

なぜだ。地震を起こしていたと思《おぼ》しき龍は先ほど調伏《ちょうぶく》した。

「あれが原因じゃなかったのか⁉」

色を失う昌浩をなだめるようにして、物の怪の尻尾《しっぽ》が背を叩《たた》いてくる。

「落ち着け。そんなに大きくないから、じきに収まるだろう」

昌浩の肩から六合の肩に移動し、物の怪は言い聞かせるように告げた。

「たまたま起こっただけかもしれない。そんなに気を立てるな、昌浩」

「でも……、……わかった」

無理やり自分を抑《おさ》え込み、昌浩は引いた。

物の怪はそっと息をついた。

龍に感じた気配。あれはなんだったか。よく似たものを自分は確かに知っているのだ。

先ほどから記憶《きおく》を手繰《たぐ》っているのだが、どうしても判然としない。

渋《しぶ》い顔をしている物の怪と、強張《こわば》った面持《おもも》ちの昌浩を交互《こうご》に見た六合は、ふたりの歯車が嚙《か》み合っていないことを察した。

いや、嚙み合っていないというより、昌浩がひとりから回っているような印象がある。

らしい。
つい先日、陰陽寮《おんみようりよう》の塗籠《ぬりごめ》の前で再会したときには感じなかったのだが、何かが起こっている
問いたげに自分を見ている黄褐色の双眸《そうぼう》に気づき、物の怪は目をすがめた。いまは聞いてく
れるなと目が告げている。
六合は無言で昌浩に視線を滑《すべ》らせた。
昌浩は昌浩で悔《くや》しそうな表情を隠《かく》さない。両手を握《にぎ》り合わせているが、力を込めすぎて肌《はだ》が
白くなっている。手の甲《こう》に爪《つめ》が食い込んでいるようにも見えた。
「……時に、六合。脩子の様子はどうだ」
唐突《とうとつ》に話題を変えたのは物の怪だった。脩子のことは昌浩も気にかけている。気を逸《そ》らすた
めの話題づくりだろう。
物の怪の思惑《おもわく》に乗って、昌浩は顔をあげた。
「そうだ、俺も気になってた。姫宮様、元気になられたのかな?」
五歳の幼い少女の姿は、昌浩の記憶に鮮《あざ》やかだ。あのくらいの子どもは成長が早いから、昌
浩が覚えているより少し大きくなっているかもしれないが。
直接見《まみ》えることはこの先もないだろうが、幸せでいてほしいと願っている。
「…………まぁ、元気だ」
返答までに間があった。

昌浩と物の怪は怪訝《けげん》そうにして六合を見つめた。彼は表情の乏《とぼ》しい寡黙《かもく》な男なのだが、その面持ちになにやら疲労《ひろう》の色が見えている。

どうしたのかと考えていた昌浩の耳に、物の怪の声が飛び込んできた。

「あ、そういえば」

「え、なに？」

六合の肩の上で、物の怪が左前足を右前足で器用にぽんと叩いた。動物の骨格では非常に難しい仕草ではないかと、昌浩は埒《らち》もなく考えた。

「昼間に嵬がきたと、勾が言ってたな」

昌浩は瞬《まばた》きをした。

「ああ、そういえば」

帰邸《きてい》して、変わったことはなかったかと尋《たず》ねた昌浩に、勾陣と彰子が言っていた気がする。

「確か、雑鬼《ざつき》たちが連れてきて、彰子が介抱《かいほう》してあげたんだってね。それで、元気になったから風音のところに行くって飛び出していったけど、場所がわからなくて散々都を捜《さが》し回って、夕刻にもう一度ふらふらしながら戻《もど》ってきたって言ってた」

「それで、今内裏の内親王《ないしんのう》の対屋だと勾が教えてやったと聞いたぞ」

代わる代わる言い募《つの》るふたりに、六合は短く応《こた》えた。

「その通りだ」

物の怪は目をしばたたかせた。

神将たちが道反《ちがえし》に滞在《たいざい》していた間に起こったことは、水鏡越《ご》しに勾陣から聞き知っている。

六合がここまで疲労する理由は、ひとつしかないだろう。

「……鬼が、どうしたんだ？」

六合は、彼にしては珍《めずら》しく嘆息《たんそく》した。

8

螣蛇の闘気が消え、不穏《ふおん》な波動も霧散《むさん》したようだった。

「終わった……？」

簀子《すのこ》で気を探《さぐ》っていた風音は、妻戸の開く小さな音を聞きつけた。

振《ふ》り返った風音は目を丸くして膝《ひざ》を折った。

「姫宮、どうしたの」

「じしんが、また…」

「え…？」

瞬間、大地が揺れた。柱や蔀《しとみ》がきしんで音を立てる。脩子は怯《おび》えた様子で風音の腕《うで》を片手で摑《つか》んだ。

反対の腕には、黒い塊《かたまり》をしっかりと抱《かか》えている。

地震《じしん》はやがて収まった。木材のきしみがやみ、雨音だけの静寂《せいじゃく》さが戻って来る。

脩子はほうと息をついた。

『……く、苦しいぞ、内親王…』

堪《こら》えきれずにうめいた鬼に、脩子ははっとして腕の力を緩《ゆる》めた。

「ごめんなさい、だいじょうぶ？」

脩子の腕から逃《のが》れた鬼は、衣《ころも》をよじよじとのぼり、彼女の肩に摑まった。

『ここならば良いな。さ、姫。いつまでも夜気に当たっていてはなりません。中へ』

ばさりと片翼《かたよく》を開く鬼の頭をひと撫《な》でして、風音は苦笑《くしよう》する。

「大丈夫《だいじようぶ》よ。私よりも姫宮、寒いでしょう」

脩子を促《うなが》して、風音は対屋に入っていく。

その姿を、柱の陰《かげ》からじっと見ている人影《ひとかげ》があった。

「……あの女房《にようぼう》、邪魔《じやま》だわ」

女房の阿曇《あずみ》だった。

風音がいるために、脩子に近づくことができないのである。

阿曇は剣呑《けんのん》に唸《うな》った。

「……このままでは時間がない」

そのとき、地震が再び起こった。柱と壁《かべ》のつなぎ目がきしんで音を立てる。

「急がなければ」

身を翻《ひるがえ》そうとした瞬間、再び地が揺れた。

断続的に生じる地震。

阿曇は険しい面持ちで、南方の空を睨《にら》んだ。

車之輔が安倍邸《てい》の前に停車する。

前簾《まえすだれ》をあげて出てきた昌浩は、轅《ながえ》をくぐって側面に回りこんだ。

「ありがとう車之輔、お疲《つか》れ様」

ぎしぎしと音を立てて、轅が揺《ゆ》れる。車之輔はそのまま戻り橋の下に降りようと車体の向きを変えた。

雨で滑る土手のどこから降りたらよいものかと、困惑《こんわく》した体《てい》でうろうろとしている。

輪の中央に浮《う》かんでいる鬼《おに》の顔がおろおろしながら道を探しているのだが、小路《こうじ》から流れ落ちる雨水がまるで滝《たき》のような勢いで、このまま降りたら下まで滑り落ちるだろう。

なんとか無事に降りられたとしても、登ってくることができなくなってしまうのではないかと思われた。

築地塀《ついじべい》を登りかけていた昌浩は、車之輔の様子に気づいて引き返した。

「車之輔、大丈夫か？　門の横に停《と》まっててもいいよ」

車之輔は困り果てた様子で昌浩を振り返った。車之輔の心情としては、安倍邸の門前は恐《おそ》れ多く、橋の下で充分《じゅうぶん》なのだ。

そんな車之輔の気持ちを汲《く》んだ物の怪は、片前足を上げた。

「でもなぁ。無理におりて登ってこられなくなったら、昌浩が必要なときに式の役目が果たせんぞ。それはお前だって嫌《いや》だろう」

車之輔はがくがくと軛《くびき》を下げた。何しろ自分は昌浩の唯一《ゆいいつ》の式だ。役目を果たせなくては式である意味がない。

がらがらと音を立てながら門の横に移動した車之輔は、昌浩に申し訳なさそうに軛を下げた。

「謝らなくて、いいのに…」

「お、聞こえたのか？」

目を輝《かがや》かせて瞬きする物の怪に、昌浩は渋《しぶ》い顔を見せた。

「聞こえなくたって、これくらいはなんとなくわかるよ」

と、物の怪はにんまりと笑う。

「それが大事だ。言ってることがわかるのは、相手に波長が合ってるってことだ」

異形のものの言葉を聞くには、相手の波長に自分のそれを合わせることが重要だ。貴船の祭神のように力の強い存在は、こちらが意識して合わせなくても向こうの波長に引きずられて自然と合うのである。

弱いものには意識して自分で合わせなければならない。昌浩はそういった繊細《せんさい》な作業が苦手なのだが、最近は少しずつ克服《こくふく》している。

「じゃ、お休み、車之輔」

妖車《あやかしぐるま》に手を振って、昌浩は築地塀沿いに移動し、自室に一番近い辺りに助走をつけてよじ登った。

「よい、しょ…。ありがとう、六合」

雨で滑《すべ》りそうになっていたら、下から六合が押し上げてくれた。

庭に飛び降りて、音を立てないよう気をつけながら部屋にたどり着く。

簀子に上がって用意しておいた手ぬぐいで顔や手足を拭《ぬぐ》い、昌浩は息をついた。

なんだか無性《むしょう》に疲れた。

昌浩の腕にぺたっと触《さわ》った物の怪は、不機嫌《ふきげん》そうに渋い顔を作った。

「冷たくなってるなぁ。白湯《さゆ》でも持ってきてやろうか？」

「ううん、平気。すぐ寝《ね》るから」

雨避《あまよ》けの術は、泥《どろ》はねなどは防いでくれない。沓《くつ》や狩衣《かりぎぬ》、狩袴《かりばかま》は泥だらけだ。

「あとで、洗わないと…」

洗ってもなかなか乾《かわ》いてくれないので、着るものに困ってしまう。

衣を雑にたたみながら息をつき、単《ひとえ》になった昌浩は、そのまま茵《しとね》に横になり、頭から袿《うちぎ》をかぶった。

物の怪はその近くで丸くなる。

しばらくすると、規則正しい寝息《ねいき》が響《ひび》きはじめた。

交差させていた両前足に顎《あご》を乗せ、目を閉じていた物の怪は、片瞼だけ開いて様子を窺《うかが》った。

瞼と同じほうの耳をひょんとあげる。

「……まさひろー」

小声で呼びかける。返ってくるのは寝息だけで、応じる声はない。

それでも、鼓動《こどう》をもう五十ほど数えて、昌浩が完全に寝入ったのを確かめた物の怪は、音もなく立ち上がった。

そっと妻戸を開けて簀子《すのこ》に出ると、音を立てないように閉める。

そこでも呼吸を十ほど数え、室内で動く気配がないことを確認《かくにん》した物の怪は、そのまま庭に飛び降りた。

雨音にまぎれるようにしながら移動して、築地塀を造作もなく飛び越《こ》える。

土御門大路《つちみかどおおじ》に出た物の怪は、西洞院大路《にしのとういんおおじ》に移動し、まっすぐ北に向けて駆《か》け出した。

昌浩がいるときは合わせているが、物の怪が本気で走れば相当に速い。変化していても神将の彼は、身体能力が高いのだ。

体重のないもののように疾走《しっそう》していた物の怪は、追走してくる足音があることに気づいて耳をぴんと立てた。

足音はふたり分。

覚えのある気配が、距離《きょり》を縮めてくる。

気配が物の怪の左右に追いついた。

「なんだ、お前たち」

勾陣と六合が顕現《けんげん》する。

「お前が昌浩を置いて出るのは珍《めずら》しいからな」

四足走りをする物の怪を見下ろして、勾陣は半分呆《あき》れたように苦笑した。

「本性に戻《もど》ったほうが苦労がないだろう、騰蛇」

「いいんだよ、別に。六合、お前は今内裏《いまだいり》に戻らなくていいのか」

「昌浩のことをまだ聞いていない」

物の怪がどこに向かっているのか、ふたりには見当がついているようだった。

水音が響く。

貴船山と鞍馬《くらま》山の間を流れる貴船川もまた、水かさが増している。どうどうという重い音が不気味に響く。

夜闇《よやみ》の中、物の怪と神将ふたりは貴船山をまっすぐに駆け上がった。

貴船の本宮は漆黒《しっこく》の闇に覆《おお》われていた。

門前で、物の怪は本性に立ち戻る。その理由を知っている勾陣は、苦笑《くしょう》して軽く肩《かた》をすくめた。それを見た紅蓮は、不機嫌そうに眉《まゆ》をひそめたが、口に出しては何も言わなかった。

川の水音と雨音が響く。清浄《せいじょう》な神気に満ちた本宮は、荘厳《そうごん》さを増しているようだった。

六合は剣呑《けんのん》に目を細めた。

霊峰《れいほう》貴船に満ちた神気が、一点に寄り集まって銀の輝きに転じる。

白銀の龍神《りゅうじん》が神将たちの前に現れた。悠然《ゆうぜん》と舞《ま》っていた白銀の龍は船形岩に降下し、人身に変化した。

ひらりと降り立った貴船の祭神高龗神は、並んだ顔ぶれをゆっくりと眺《なが》め渡《わた》した。

「ひとりはつい先日にも訪《おとず》れたが、あとのふたりは久しいな」

岩の上に無造作に坐《ざ》し、高龗神はにやりと笑う。

「晴明の許に、十二神将が揃《そろ》ったか。いい傾向《けいこう》だ」

紅蓮が一歩前に出た。

「高龗神よ、今日は尋《たず》ねたいことがあって来た」

「なんだ、十二神将騰蛇。答えるかどうかはともかく、まずは聞いてやろう」

ひとを食ったような物言いに、紅蓮はいささか気分を害した。それを見越《みこ》してこういう言い方をしているのはわかっているが、聞き流せるほどいまの紅蓮に余裕《よゆう》はない。

「神よ。先日言い残した言葉の真意を問う」

「言い残した、とは」

胡坐《あぐら》の左膝に肘《ひじ》を置き、左手の甲《こう》に頬《ほお》を載せた高龗神は、涼《すず》しい顔でさらりと返す。完全に斜《はす》に構えているのは、真面目《まじめ》に答える気がないからなのか、はぐらかそうとしているのか、その意図は摑《つか》めない。

「去り際《ぎわ》に、仰ったたろう。『止める努力はしてみよう』と。……どういう意味だ、あれは」

高龗神は、軽く柳眉《りゅうび》をひそめた。

「……さて、言ったかな」

「間違《まちが》いなく。この耳でしかと聞いたぞ」

人間の聴覚《ちょうかく》に比べて、神将のそれははるかに鋭敏《えいびん》だ。聞き違《ちが》えるはずがない。

紅蓮より二歩程度下がった場所にいる勾陣と六合は、紅蓮がここに訪れた目的を知らない。しかし、昌浩を残して騰蛇がひとりでやってくるのだから、大事なのだろうと考えた。

腕組《うでぐ》みをした勾陣は、六合の横に移動して声をひそめる。

「何があった？」

「わからん。俺は昌浩たちが帰邸《きてい》するところに行きあった」

そうかと頷《うなず》き、それきりふたりは押し黙《だま》る。

紅蓮はさらに言葉をつないだ。

「高龗神、この国で五指に入る貴船の水神が止められない雨とは、いったいなんなんだ」

高龗神は沈黙《ちんもく》したままだ。紅蓮をまっすぐに見据《みす》え、瑠璃《るり》の双眸《そうぼう》はまったく揺《ゆ》るがない。

目を逸《そ》らすようなことを、この神はしないのだ。

しばらく無言の睨《にら》み合いがつづいた。

どちらが先に口火を切るのか、重く緊迫《きんぱく》した空気がまとわりついてくる。

息が詰《つ》まるような感覚に囚《とら》われて、勾陣は無意識に喉元《のどもと》を押さえた。

貴船の祭神の眼差《まなざ》しも強いが、騰蛇の眼光とて負けてはいないだろう。十二神将は神族の末席だが、意志の強さはほかの神に引けを取らないつもりだ。

どれほどそうしていたか。

一触即発《いっしょくそくはつ》とも思われた場の空気を変えたのは、新たな闖入者《ちんにゅう》だった。

「なんだ、随分豪勢《ずいぶんごうせい》な顔ぶれだな」

雨音の中に足音が紛《まぎ》れてくる。

一同はばっと振《ふ》り向いた。

声をあげたのは紅蓮だ。

「晴明！」

離魂《りこん》術で年若い姿を取った安倍晴明が、雨に打たれながら本宮の境内《けいだい》に入ってくるところだった。

晴明は軽く右手を上げて紅蓮に応じ、次いで高龗神に目礼した。

唖然《あぜん》としていた高龗神は、前髪《まえがみ》をかきあげて目をすがめた。

「安倍晴明、何用だ」

晴明は瞬《まば》きをした。どうやら貴船の祭神は少し気が立っているようだ。語気に険が含《ふく》まれている。

紅蓮の横に立ち止まり、青年はうやうやしく一礼した。

「ご無沙汰《ぶさた》しております、高淤の神よ」

「安倍晴明。我は、何用かと問うている」

顔をあげ、晴明は表情を少し和《なご》ませた。

「神に、お尋ねしたき儀《ぎ》がございまして、雨の中、参じた由《よし》に」

高龗神はふんと言いたげに顎《あご》をしゃくった。

「お前の持ってくる話だ、どうせ楽しくはない代物《しろもの》だろうが…、まぁいい。話してみろ」

この言葉に、紅蓮は貴船の祭神を睨んだ。自分の問いにはまだ答えがないのだ。

射貫《いぬ》くほど鋭《するど》い眼光を据《す》えても、貴船の祭神はまったく動じない。紅蓮に一瞥《いちべつ》もくれず、晴明を促《うなが》している。

苛立《いらだ》ちを隠《かく》さない紅蓮の耳に、剣呑な声が聞こえた。

「貴様如《ごと》きを、貴船の祭神が相手にすると思うのか」

紅蓮の眉が吊《つ》り上がった。誰何《すいか》せずとも声だけでわかる。長身の体軀《たいく》から、不穏《ふおん》な闘気《とうき》が立ち昇《のぼ》った。のろのろと背後を顧《かえり》みて、紅蓮は無言で殺気じみた眼光を放つ。

紅蓮の視線の先で腕組みをしているのは、晴明に随従《ずいじゅう》してきた青龍だった。

瞬《また》く間に険悪な空気を作り出したふたりの間に、六合と勾陣が割って入る。

勾陣は紅蓮の傍《かたわ》らに移動して、目許《めもと》に険をにじませた。

「こんなところで争うな、神の御前《ごぜん》だぞ、騰蛇よ」

紅蓮は不快感も露《あらわ》に吐《は》き捨《す》てた。

「見くびるなよ、勾。俺にも分別はある。だが」

青龍を一瞥した紅蓮の双眸が、一瞬真紅《いっしゅんしんく》に染まった。

「先に喧嘩《けんか》を売ってきたのは、向こうだ」

一方の青龍は、敵意をまったく隠していない。紅蓮の視線をさえぎるようにして間に立って
いる六合は、前後から漂《ただよ》ってくる刃のような激しい神気に、黙ったまま目を細めた。

青龍とて分別はある。晴明の供としてここに訪れたのだ、貴船の祭神に無礼な振舞《ふるま》いはしな
いだろうし、晴明がさせないだろう。

ちらと肩越《かたご》しに視線を向けると、晴明は背後で勃発《ぼっぱつ》しつつある闘将《とうしょう》同士のいがみ合いを気に

もせず、貴船の祭神と平静に話していた。

「この雨についてもお伺《うかが》いしたいところなのですが、それよりも大事が生じました」

高淤は黙ったままつづきを促す。薄《うす》い笑《え》みを湛《たた》えていた晴明の唇《くちびる》から、それが消えた。

「伊勢《いせ》にて、天照大御神の天勅《てんちょく》が降《くだ》ったこと、高淤の神なればご存じかと」

女神《めがみ》の柳眉がぴくりと動いた。しかし、あくまでも彼女は無言をとおす。

驚《おどろ》いたのは、紅蓮、勾陣、六合の三人だ。

「なんだと⁉」

思わず声をあげ、晴明の背を見つめた。

「晴明、それは…」

言いかけた勾陣を、晴明は片手をあげて制した。神将たちは押し黙る。

青年は淡々《たんたん》と言葉を選ぶ。

「急遽《きゅうきょ》伊勢に神将を送り、状況《じょうきょう》を調べさせましたが、確かに天勅は事実で、伊勢の神祇大副《じんぎのたいふ》及び斎宮《さいぐう》は病臥《びょうが》しているとの由。神よ、かなうならばお答えいただきたい」

ずっと頬杖《ほおづえ》をついて斜に構えていた高龗神は、背筋をのばして腕組みをした。

瑠璃の双眸はまったく動かない。

晴明は静かに尋ねた。

「内親王《ないしんのう》を伊勢に呼ばれた天照大御神の真意は、何処《いずこ》にあるのですか」

紅蓮たちは更《さら》なる衝撃《しょうげき》を受けた。

天照の天勅。内親王脩子が伊勢に呼ばれているという。

どういうことなのかをすぐにでも問いただしたかったが、晴明と高淤の対話を阻《はば》むことは許されない。

紅蓮と勾陣は、ひたすら己《おの》れを制した。

晴明は高淤をまっすぐに見つめている。本来ならば、神を直視することは不敬だ。だが、晴明はそれを許されている数少ない人間だった。

高龗神は、晴明や昌浩を気に入っている。神の基準の内ではあるが、相当寛大《かんだい》に接してくれていることを知っている。だからこそ、この質疑は賭《か》けだった。ここで神の感情を逆撫《さかな》ですれば、一転して晴明はうとまれる存在になるだろう。

高龗神は、晴明と、四人の神将を順に眺《なが》め渡《わた》し、ようやく重い口を開いた。

「――天照大御神の天勅は、どのようなものだった」

晴明は瞬きをして記憶《きおく》を手繰《たぐ》った。

「確か…、『この雨は、我が意にそまぬものである。天意に逆らうものがある。陽《ひ》の光をこの国に注ぐため、依代《よりしろ》をこれへ持て』と仰《おお》せられたと、聞き及びました」

「依代……」

貴船の祭神の表情が険しくなった。

口元に指を当て、思案する風情《ふぜい》で目を細める。瑠璃の双眸に形容しがたい光が宿っている。

彼女が再度を口を開くまで、晴明は辛抱《しんぼう》強く待った。背後の神将たちの様子を探《さぐ》る。

その場でともに聞いていた青龍はさておき、紅蓮も勾陣も六合も、驚愕《きょうがく》の展開に固唾《かたず》を呑《の》んでいる。

高天原の最高神が下した天勅だ、聞き入れないわけには行かない。

「その依代とは……」

高龗神は、闇夜《やみよ》に沈《しず》む都を見はるかした。

「当代の血を引く、ただひとりの姫か」

「は。卜部《うらべ》の見立てでは、そうであろうと」

紅蓮たちが息を詰めるのが気配で伝わってくる。

晴明は瞼《まぶた》を震《ふる》わせた。それだけではない。じきに彼らには、もうひとつの事実を告げなければならない。

都から視線を晴明に戻《もど》し、貴船の祭神は剣呑《けんのん》に目を細めた。

「真意は何処にあるのかと、問うたな、安倍晴明」

「はい」

「それを聞いてなんとする。当代の姫を都に留《とど》め置くことが目的か」

晴明はあわてて否定した。

「いいえ！　そのようなことは決して。ただ、何ゆえ神は姫宮様を乞《こ》われるのか、その理由を知りたいと思うだけです」

「知ったところでさほど意味はない。当代の姫を伊勢に送り、高天原の統治者たる天照大御神の器《うつわ》として差し出すことが、お前たち人間に課せられた役目だ」

一旦《いったん》言葉を切って、高淤は息をついた。

「晴明、折あらば当代に伝えよ。情に流されて、この国の民《たみ》の命を忘れることなかれと」

そのとき、地面がかすかに揺《ゆ》れた。

晴明は気づかなかったが、神将たちは全員感知する。

「地震《じしん》だ…」

呟《つぶや》きは勾陣のものだった。それを聞きとめた晴明の耳に、神の声音《こわね》が忍《しの》び込む。

「都に出た龍《りゅう》。あれも、大局で見ればこの雨とつながっている」

息を呑む晴明に、貴船の祭神は淡々と言い渡す。

「時は少ない。刻一刻と、龍の暴走は強まっていくだろう。安倍晴明」

立ち上がった貴船の祭神は、強い言霊《ことだま》をこめてその名を呼んだ。晴明の背筋に冷たいものが駆《か》け下りる。

瑠璃《るり》の双眸《そうぼう》に射貫かれて、晴明は呼吸ができなくなった。

「お前はあの龍を知っているはずだ。都を守りたいと願うなら、それを思い出すことだな」

「は……？」

訝《いぶか》る晴明から視線をはずし、高龗神は神将たちを一瞥《いちべつ》した。

「十二神将騰蛇。お前の問いに対しても、これが答えだと思っておけ」

貴船の祭神は瞑目《めいもく》して天を仰《あお》ぐと、そのままふわりと飛翔《ひしょう》した。

人身が白銀の龍身に転じ、漆黒《しっこく》の闇《やみ》に消えていく。

神の神気が消え、圧迫《あっぱく》感すらあった清冽《せいれつ》な気配が風にとけた。

晴明は嘆息《たんそく》した。

よくあれだけ答えてくれたものだ。高龗神には答える義務はない。不興を買って失《う》せよと一喝《いっ》
喝《かつ》されても不思議はなかったのだ。

緊張《きんちょう》していたことを自覚する晴明に、紅蓮たちが詰《つ》め寄った。

「晴明、どういうことだ」

「天照の天勅とは、なんだ」

「内親王《ないしんのう》を伊勢にというのは……」

紅蓮や勾陣だけでなく、珍《めずら》しく六合までが色を失っている。晴明は苦笑《くしょう》した。それだけの大事なのだ。自分や青龍とて、聞かされた直後は驚愕のあまり声も出なかった。

「落ち着け、お前たち。説明するから」

いなすようにそれぞれの腕《うで》を叩《たた》き、晴明は口を開いた。

「過日、伊勢からふたりの官人がやってきた。ひとりは伊勢神宮《じんぐう》から、いまひとりは伊勢斎宮《さいぐう》寮《りょう》から」

最初のひとりが持ってきたのは、主神司《かみのつかさ》を兼任《けんにん》する神祇大副が病に篤《あつ》く、遷宮《せんぐう》の儀《ぎ》を前にして職を辞する覚悟《かくご》をしているとの報。

いまひとつは、斎宮恭子女王の体を借りて天照大御神が天勅を示し、元々臥《ふ》せりがちであった斎宮が意識を失ったままであるとの報。

晴明は肩《かた》を落とした。

「卜部の亀卜《きぼく》で、天勅にて告げられた依代とは、内親王脩子様であると判明したそうだ」

ここで、青龍が不機嫌《ふきげん》そうに口を挟《はさ》んだ。

「娘《むすめ》を案じた当代の帝《みかど》が、あろうことか晴明にも伊勢に下れと言い出した」

これには紅蓮たちも顔色を変えた。

「なんだと!?」

「本当か、晴明!」

紅蓮だけでなく、普段《ふだん》の冷静さをどこかに置き忘れてしまったような勾陣の様子に、晴明は肩をすくめて頷《うなず》いた。

「元々、伊勢神祇大副の平癒《へいゆ》をと頼《たの》まれていてな。伊勢に同行してくれと、拝み倒《たお》された」

それだけならばよかったのだ。晴明にとっては労苦の多い役目だが、帝の家臣である以上、否《いな》やは唱えられない。

　それに晴明は、本心から年若い帝の力になりたいとも思っていた。

「そのあとで、主上《おかみ》がとんでもないことを思いつかれてな。どうしたものかと、思案しているよ」

　胡乱《うろん》げに眉根《まゆね》を寄せる紅蓮を見上げて、晴明はつづけた。

「彰子様を、姫宮様の供にと乞われた」

　紅蓮は、虚《きょ》をつかれた顔で晴明を見下ろした。

「………なんだと？」

　思いのほか小さな呟きだったのは、あまりにも衝撃《しょうげき》が大きすぎて、感情がついてきていないからだろう。

　しかし、すぐに紅蓮は愕然《がくぜん》と目を瞠《みは》った。

「彰子を、脩子の供に、だと…⁉」

　勾陣と六合が声もなく息を呑んでいる。

　晴明は、夜闇に沈む都を見はるかした。あの辺りが今内裏《いまだいり》で、あの辺りが安倍の邸《やしき》。脩子も彰子も、まだ何も知らずに静かに眠《ねむ》っているはずだ。

「主上は、頼むと仰《おお》せられた。幼い姫宮様のために、安倍家に預かる姫を供にと、な」

　何も知らない帝の頼みが、大きな嵐《あらし》を作り出そうとしている。

これは、天罰《てんばつ》なのだろうか。

一年前、窮奇《きゅうき》の呪詛《じゅそ》を受けてしまった彰子。その星宿は歪《ゆが》められ、本来入内《じゅだい》すべきだった彼女のさだめは大きく逸《そ》れた。

身代わりに入内した章子がいまは藤壺《ふじつぼ》の中宮と呼ばれている。

彰子はこのまま、皇家とは何のかかわりもない一生を送ると思われていたのに。

「よもやこのような事態になるとはな。左大臣様も、さぞかし苦悩《くのう》されているだろう」

真実が露見《ろけん》すれば、道長の失脚《しっきゃく》は必定だ。帝を偽《いつわ》った大罪に加担していたとして、安倍一族とて無事ではすむまい。

衝撃からようやく立ち直った紅蓮は、青ざめて頭を振《ふ》った。

「待て…、どうしていまなんだ」

「紅蓮?」

「いま彰子にそんなことが起きていると知ったら、昌浩の心の箍《たが》が外れるぞ」

晴明の面持《おもも》ちが険しさを帯びた。

「……ああ、そうだろうな」

誰《だれ》よりも近くで見てきた末孫のことだ。本人が何も語らなくとも、晴明は気づいている。

重い息を吐《は》き出して、晴明はうつむいた。

「それでも、昌浩と彰子様に、告げねばならん」

高龗神が言っていたように、時は少ないのだ。

斎宮と神祇大副の病はますます篤《あつ》く、天勅《てんちょく》を知る者たちは脩子の出立を苛立《いらだ》ちながら心待ちにしているのだという。

おそらく、この天意にそまぬ雨を止めるには、脩子の存在が鍵《かぎ》になるのだ。

大地がかすかに震動《しんどう》する。神将たちの反応で、晴明もそれを察した。

頭を振って、晴明は踵《きびす》を返した。

「そろそろ戻《もど》ろう。都が気がかりだ」

絶えず起こる地震もまた、大局で見れば長雨とつながっているのだと、貴船の祭神は言った。

そして、都に現れたあの龍を、晴明は知っているとも。

それを思い出した紅蓮が晴明の肩を摑《つか》む。

「晴明、あの金色の龍を知っているのか」

青龍の眉《まゆ》が跳《は》ね上がる。殺気じみた眼光を感じたが、黙殺《もくさつ》した。

「高龗神が仰っていたことか。私も考えてはいるんだが、まだ何も思い当たるふしがない」

紅蓮は落胆《らくたん》して手を離《はな》す。そんな紅蓮の腕を、勾陣が軽く叩いた。

「落ち着け騰蛇。晴明に当たってどうする」

「ああ……」

ふと、紅蓮は瞬《まばた》きをした。勾陣の手を摑む。

「なんだ？」

訝しげに首を傾《かたむ》ける勾陣の手を凝視《ぎょうし》して、紅蓮は呟《つぶや》いた。

「……龍《りゅう》の、息吹《いぶき》…」

知っているような気がした。自分は確かに、龍の放った波動を知っている、と。

「勾の、神気か…！」

「は？」

勾陣の神気と龍の波動が酷似《こくじ》しているのだ。

それを口にすると、一同は驚《おどろ》いた風情《ふぜい》だった。ただひとり、青龍だけは紅蓮を見ようともしない。

「勾陣、何か心当たりはあるか？」

「いや、何も…」

晴明に問われても、勾陣は困惑《こんわく》した様子で首を振るしかできない。

「思い過ごしではないのか、紅蓮」

「いや、確かに似ている」

断言し、紅蓮は船形岩の上空を睨《にら》んだ。貴船の祭神が言い残した言葉は、まだまだ不明瞭《ふめいりょう》で判然としない。

どれほど考えても答えらしきものは見つからず、一同はそのまま貴船山を下りた。

9

翌日の昼下がり、晴明が身支度《じたく》を整えた頃《ころ》に、今内裏からの迎《むか》えがやってきた。

先触《さきぶ》れも見知った相手で、今日の使者も藤原行成だった。

相変わらずの雨の中、ふたりを乗せた牛車が今内裏に向けて出立する。

車が走り出してから、行成は沈鬱《ちんうつ》な面持ちで口を開いた。

「晴明殿《どの》、差し支《つか》えなければ伺《うかが》いたい。姫宮《ひめみや》様のことは…」

晴明は、無言で首肯《しゅこう》した。それだけで諒解《りょうかい》した行成は、重い息を吐き出す。

「そうですか……」

帝の心痛を思い、行成自身が当事者であるかのように、痛みをはらんだ表情をする。

あまりにも沈《しず》んだ様子に、晴明はふと、昨日の行成の様子を思い出した。

「行成様、ひとつお伺いしてもよろしいですかな」

「はい？」

「昨日、やけに苛立たれていたようにお見受けいたしました。何か、行成様ご自身にも、姫宮様にひとかたならぬ思いがおありのような……」

行成の表情が強張《こわば》った。しばらく目線を泳がせていたが、晴明にひたと見据《みす》えられて、観念したように肩《かた》を落とす。

「……晴明殿にはかないませんね」

行成は声をひそめて口を開いた。

「ここだけの話にしていただきたい」

「もちろん」

頷《うなず》く晴明に顔を寄せ、聞こえるか聞こえないかという声量で、行成は語りだした。

「実は……先年の暮れから、主上と内々に進めていた件がありました」

問うような眼差《まなざ》しを向ける老人に、行成は硬い面持ちで告げる。

「主上におかれては、近々左大臣様に、将来御嫡子《ちゃくし》に姫宮様を、降嫁《こうか》させたいと申し入れる所存でおられたのです」

さしもの晴明も度肝《どぎも》を抜《ぬ》かれた。

「なんと……！」

行成は慌《あわ》てて晴明を制した。

「晴明殿、お静かに！」

小声で諫《いさ》められ、晴明は深呼吸をする。行成はつづけた。

「姫宮様の母君であらせられる皇后様は後ろ盾《だて》もなく、このままでは姫宮様の行く末がひどく不安であると仰《おお》せられて。それで、私から一案として、申し上げたのです」

道長に対する皇后定子の心証は、決してよいものではないだろう。だが、道長にとっては定子は姪《めい》なのである。

彰子入内の折にも気にかけていたし、脩子のことにも心を砕《くだ》いているのを行成は知っていた。

左大臣道長の家柄《いえがら》と財力であれば、申し分ないだろう。道長としても、娘《むすめ》を皇家に入内させただけではなく、嫡子に内親王《ないしんのう》を娶《めと》ることができれば、皇家との結びつきはさらに強いものとなり、地位も磐石《ばんじゃく》となる。

当代随一《ずいいち》の大貴族に降嫁すれば、不遇《ふぐう》な生活をしいられることもなく生涯安泰《しょうがいあんたい》で過ごすことができるだろうと、帝はかなり前向きに考えていたのだ。

「鶴君《たずぎみ》は御歳《おんとし》九つ。五つになられる姫宮様との釣《つ》り合いもよく、申し分のない家柄です。それに、義理の娘となれば、道長様も姫宮様を丁重《ていちょう》に扱《あつか》うだろうと思いました」

「それは……確かに…」

晴明は、ようやくそれだけを口にした。

いままで一度として考えたこともなかったが、もしそれが実現すれば、確かに最良の方法なのかもしれなかった。

藤原家は皇家の血を得ることができ、主上《おかみ》は娘の行く末を案じずにすむ。

姫宮となれば正室以外にはありえず、万が一妻同士の争いが起こっても、別格扱いとなって虐《しいた》げられるようなことは決してないはずだ。

「どこまで話は進んでいたのですか、左大臣様はこのことを…」

行成は頭を振《ふ》った。

「いいえ、ご存じありません。頃合《ころあ》いを見計らっていた矢先に皇后様の御懐妊《ごかいにん》が発覚したので、宮か姫宮のご誕生を待ってから道長様に話をされるおつもりだったのです」

ところが、天勅で伊勢《いせ》に送らなければならなくなった。いつ戻ってこられるかもわからない。へたをすれば、一生伊勢で過ごすことになるかもしれない。

行成は重い息を吐《は》き出した。

皇家と藤原家の結びつきを堅固《けんご》にするための架《か》け橋となるはずだった、脩子の降嫁。

それが念頭にあったので、行成は女房《にょうぼう》に対してつい口を滑《すべ》らせてしまったのだ。

いまもっとも大切な御身《おんみ》、と。

落胆している行成の肩を叩《たた》き、晴明は沈鬱な面持《おもも》ちを見せた。

「天照大御神も、酷《こく》なことを仰せになった……」

父母と子を引き離し、晴明と家族を引き離し、そして。

晴明はふつりと押し黙《だま》った。

さだめは、昌浩と彰子を引き離しつつある。

帝の心は覆《くつがえ》らないだろう。脩子のために、なんとしても安倍家の姫を供にと願うに違《ちが》いない。

帰邸《きてい》したのちに、ふたりにこの事実を告げることになるのだろう。

それを思い、晴明の心は重く沈むのだった。


本日の退出は、昨日よりも早かった。

まっすぐに帰ってきた昌浩は、彰子に出迎《でむか》えられた。

「お帰りなさい、昌浩」

「ただいま、彰子」

笑顔《えがお》で応じ、沓《くつ》を脱《ぬ》いで彰子から手ぬぐいを受け取る。

物の怪にも用意されていたので、礼を言って四肢《しし》を拭《ぬぐ》う。

「晴明様ね、今日もお出かけされたのよ」

「今日も？」

目を丸くした昌浩に、彰子はうんと頷く。

「お昼過ぎに行成様がいらしたの。お帰りは、昨日よりずっと早かったけど……」

そこに、勾陣が姿を見せた。

「お帰り昌浩」

「うん、ただいま」

物の怪の夕焼けの瞳《ひとみ》が勾陣を映す。彼女は物の怪を一瞥《いちべつ》し、物言いたげに瞼《まぶた》を震《ふる》わせた。

それだけで、物の怪は察した。

「帰ったばかりで申し訳ないが、晴明が呼んでいる」

「え、じい様が？　なんだろう」

ひとりで行きかけた昌浩の後ろで、勾陣はつづけた。

「彰子姫もだ」

「私も？」

昌浩は思わず足を止めて振り返った。視線が彰子の困惑《こんわく》した瞳とかち合う。

訝《いぶか》りながら晴明の部屋に向かう昌浩と彰子の後ろから、物の怪は重い足取りでついていく。

その白い体を、勾陣がひょいと抱《だ》き上げた。

晴明は式盤《ちょくばん》を前に端座《たんざ》していた。

「じい様、お呼びですか？」

入ってきたふたりを振り返り、前に座るよう指示《しじ》する。式盤の前に、ふたつの円座《えんざ》が据《す》えられていた。

言われたとおりに腰《こし》を下ろすと、遅《おく》れてきた勾陣が物の怪を抱《かか》えていた。彼女はそのまま柱の前で腰を落とす。

物の怪は彼女の隣《となり》に尻《しり》を落とした。

「……昌浩、それに、彰子様」

ふたりは背筋をのばした。晴明の声に、ひどく硬いものが混じっている。

「はい」

姿勢を正したふたりを交互《こうご》に眺《なが》め、晴明は言葉を選びながらつづけた。

「ここ数日、今内裏《いまだいり》の主上より、何度もお召《め》しがあったことは、ご存じでおられましょう」

晴明の言葉は彰子に向けられたものだ。彰子は黙って頷いた。

「どこからお話ししましょうか……。彰子様には、相当驚《おどろ》かれることと思います、少々覚悟《かくご》をされたほうがよろしいかもしれません」

彰子の面持ちに困惑が広がる。戸惑《とまど》った様子で盛んに瞬《まばた》きをする彰子の横で、昌浩が胡乱《うろん》げな様子を隠《かく》せない。

「伊勢の神宮《じんぐう》を、ご存じですか？」

「はい。確か、天照大御神を祀《まつ》る、神宮ですね」

「左様。先日、斎宮のおわします伊勢の斎宮寮よりの使者が、天勅《てんちょく》を携《たずさ》えてきたのです」

天勅。聞きなれない言葉に彰子は怪訝《けげん》そうに首を傾《かたむ》けた。一方の昌浩は、不自然に鼓動《こどう》が跳《は》ねたのを自覚した。嫌《いや》な予感が胸中に広がっていく。

「この長雨は、天意にそまぬ雨である、依代《よりしろ》をこれへ持て、と。……依代《よりしろ》とは、内親王脩子様のことです」

晴明の言葉は淡々《たんたん》としていたが、内容は恐《おそ》るべきものだった。

ふたりは息を呑《の》んで言葉を失う。

「主上より、この晴明に、脩子様に随行《ずいこう》せよとのお言葉を賜《たまわ》り、それを承服いたしました。そして、主上はさらにもうひとつ、この晴明にお頼《たの》みになられたのです」

昌浩の心臓が大きく跳ね上がる。意味もわからず血の気が引いていく。この先を聞いたらだめだと思った。

阻《はば》もうと口を開きかけたが、間に合わなかった。

「当家に預かる姫を、脩子様の供に、と……」

昌浩の中で、衝撃《しょうげき》が音もなく広がっていく。

一方の彰子は、混乱した様子で口元に手を当てた。

「え…、あの、すみません、晴明様。もう一度、お聞かせください」

晴明は深く頷《うなず》いて、繰《く》り返す。

「彰子様に、脩子様の供として、伊勢に向かってほしいと」

瞠目《どうもく》した彰子の横で、昌浩がたまりかねて声をあげた。

「そんな…！　無理です、そんなことできるはずがない！」

「昌浩？」

眉根《まゆね》を寄せる晴明に、昌浩はまくし立てた。

「だって、そうでしょう!?　彰子は中宮とそっくりで、中宮は彰子の身代わりに入内《じゅだい》して、全部隠し通さなきゃいけないのに…!」

「昌浩」

「それに、どうして彰子が行かなきゃいけないんですか、姫宮様にはたくさんの女房がいて、彰子が必要だとは思えません、どうして!」

「昌浩」

「主上《おかみ》は何を考えていらっしゃるんですか!　それに、左大臣様は、何も言っていないんですか、全部が明るみに出たら左大臣様だって無事では…」

「昌浩!」

晴明の一喝《いっかつ》に、昌浩はびくっと震えた。言葉を失う孫に、晴明は静かに言い聞かせる。

「全部話すから、まずは聞きなさい」

そうして晴明は、昨日のことをすべて語った。

伊勢の天勅のこと。帝《みかど》の頼み。本当は行かせたくないと吐露《とろ》した本心。すべてを包み隠さずふたりに聞かせた。

詳《くわ》しいことはここで初めて聞いた物の怪と勾陣は、さすがに険しい面持ちだった。

晴明が引き受けざるを得ず、また、道長が引き下がるしかないということがわかったからだ。

一言も発せずにうつむいて聞いていた彰子は、おもむろに顔を上げた。

「……晴明様、私でお役に立てますか？」

「彰子？」

昌浩が色を失う。彰子は繰り返した。

「私で本当にお役に立てますか？」

晴明は静かに頷いた。

「はい。必ずや。姫宮様も、彰子様がおられれば、心丈夫《こころじょうぶ》かと」

彰子は一度目を閉じて、瞼を上げた。

「――――わかりました」

「彰子⁉」

声を荒《あら》げる昌浩に向き直り、彰子は必死で言い募《つの》る。

「ね、昌浩。私、いつも考えてるの。私にできることはなんだろう、て。それに、主上の仰《おお》せならば、従わないわけにはいかないわ」

「だめだよ、そんな！」

彰子は首を振《ふ》る。

「ううん。……昌浩だってわかってるでしょう？　雨を止めないと、みんなが困るのよ」

「わからない、わからないよ、そんなの！」

焦《じ》れたように頭を振る昌浩に、彰子は辛抱《しんぼう》強く繰り返す。

「昌浩はわかってるわ。私は、私にできることがあるなら、それをしたい。昌浩がいつも私を守ってくれるように、私にも誰《だれ》かを守れるのなら、守りたいと思う」

昌浩の瞳が大きく揺《ゆ》れた。だめだと叫《さけ》びたいのに、どうしてか喉《のど》の奥で声が絡《から》まって出てこない。

彰子が切なそうに目を細める。黒い瞳が傷ついたように大きく揺れた。

昌浩の胸がきりりと痛む。違《ちが》う、こんな顔をさせたいのではない。こんな風に、追い詰《つ》めたいわけではないのだ。

「俺は……っ、………っ」

たまらなくなって、昌浩は晴明の部屋を飛び出した。

「昌浩！」

彰子の声が追ってくる。それを振り切って、昌浩は自分の部屋に駆《か》け込んだ。


腰《こし》を浮《う》かしかけた彰子を、晴明が止めた。

「彰子様」

振り向く彰子に穏《おだ》やかに言い聞かせる。

「いまは、何を言っても聞きますまい。落ち着くまで、待ってやってください」

「……、はい」

座りなおしてうつむき、彰子は大きく肩《かた》を震《ふる》わせた。引き攣《つ》れたように呼吸をして、泣きそうになるのを懸命《けんめい》に堪《こら》えている。

物の怪もあとを追いかけたが、思い直してやめた。いまは、独りにさせておいたほうがいい。荒《あ》れ狂《くる》っている感情を持て余しているところに誰かが訪《おとず》れたら、理不尽《りふじん》だとわかっていてもすべてをぶつけてしまうだろうから。

「……彰子様、ひとつよろしいですか」

晴明の言葉に、彰子はのろのろと顔を上げた。涙《なみだ》で揺れる瞳が、燈台《とうだい》の炎《ほのお》を受けて輝《かがや》く。

「はい。なんでしょうか、晴明様」

力のない声音《こわね》に胸が痛んだが、晴明はそ知らぬ風情《ふぜい》でつづけた。

「なぜ、それほどまでに、ご自分にできることをと、考えておられるのですか」

彰子は目を見開いた。

その瞳の奥に、傷ついた光が見えた。

晴明ははっとした。まさか。

彰子は息を詰めて、ゆるゆると口を開いた。

「………足手まといに…」

「なに？」

物の怪が怪訝《けげん》そうに呟《つぶや》く。小さな声だったが、それは彰子の耳朶《じだ》に突《つ》き刺《さ》さった。

彼女のか細い肩が震える。

「……昌浩の…足手まといに…ならないように…」

物の怪と勾陣は、思いがけない言葉に瞠目した。

晴明もまた、驚愕《きょうがく》を隠《かく》せない。瞬《まばた》くことも忘れて、目の前の少女を凝視《ぎょうし》する。

彼女は引き攣れたような呼吸を繰り返す。

「私のせいで、昌浩が怪我《けが》をしたりしないように…。いつも、いつも、護《まも》ってもらって、でも私は、何も返せていないから」

「彰子、そんなことはないだろう」

思わず口を挟《はさ》んだ物の怪を振り返り、彰子は首を振った。

「いいえ、何もできてない。昌浩からもらった分に比べたら、私は、全然…っ」

勾陣の背筋にひやりとしたものが駆け下りる。

彰子の心に、何か大きな傷がある。それが彼女をこれほどまでに追い詰めている。

物の怪は考えた。昌浩の傷になっているのは、出雲で彰子が自分をかばって刃《やいば》で貫《つらぬ》かれたことだ。

護ると誓《ちか》った存在が、目の前で刺された。それが昌浩の心に大きな傷を作り、いまも血を流しつづけているのだ。

彰子にもおなじものがある。でなければ、ここまで思いつめるはずがない。

彼女は昌浩に引きずられている。だが、それだけでここまで追い詰められるはずがない。

物の怪にも傷はある。どうしようもなく深い傷は、いまも痛みを訴《うった》える。古いものから新しいものまで、それは無数に存在している。

昌浩と彰子に共通するもの。彰子を追い詰めるような過去の記憶《きおく》。それは。

記憶を手繰《たぐ》っていた物の怪は、これ以上ないほど大きく目を見開いた。

「……貴船…？」

彰子の瞳が、音を立ててひび割れたように見えた。華奢《きゃしゃ》な肢体《したい》が可哀想《かわいそう》なほど震えて、そのまま硬直《こうちょく》したように動かなくなる。

物の怪は確信した。

彰子の傷になっているのは、一年前の貴船だ。

彼女はそのまま顔を覆《おお》った。声もなく、涙を流すこともなく、けれども心が慟哭《どうこく》しているのが伝わってくる。

震える彰子の前に歩み寄り、物の怪はぽつりと言った。

「……あれは、お前のせいじゃなかったと、昌浩も言っていただろう…」

彰子は黙《だま》って首を振る。何度も何度も振って、悲痛に訴えた。

「私が…、護ってくれるって言ってくれた昌浩を、私が、刺したのよ…！」

勾陣が息を吞《の》み、晴明が瞑目《めいもく》した。やはりそれか。

物の怪は静かに繰《く》り返す。

「お前のせいじゃない。お前の意思じゃなかった」

「この手で、昌浩を刺したの…っ」

「異邦《いほう》の妖異《ようい》がお前の体を使っただけだ」

「いいえ、覚えてるもの。…いまでも時々、夢に見る……」

それほど多くはないが、昌浩が危険な目に遭《あ》うたびに、自分を護ってくれるたびに、夢を見る。

昌浩はそれを笑って許してくれた。その笑顔《えがお》を見てほっとした。だが、時が経《た》つごとに、胸の奥に重いものがわだかまっていることを自覚した。

安倍邸《てい》に来てから、それが一層大きくなった。

昌浩の足手まといにならないように、役に立てるように。いつもいつもそれを考えている。

もう二度と、あんな想《おも》いをしなくてすむように。

顔を上げて、彰子は物の怪を見た。泣いているかと思ったが、彼女は涙を見せてはいなかった。

「出雲でやったこと、後悔《こうかい》はしてない。でも、それで昌浩を傷つけたなら、私は…」

目を閉じて、彼女は力なく肩を落とす。

「……昌浩のそばに…いないほうが、いいのかもしれない……」

彰子の存在が昌浩の心を追い詰めるのなら、いっそその方が。

長い髪《かみ》が彰子の表情を隠してしまう。

重苦しい沈黙《ちんもく》が流れた。

燈台の芯《しん》がじじっと音を立てて、炎が揺れる。

「……姫宮様の伊勢随行《ずいこう》は、いつになりますか」

落ち着きを取り戻した彰子の声音に、晴明はより一層痛々しさを覚える。

「早ければ、数日で。ことがことですので、準備が整い次第《しだい》、ひそかに出立することになるでしょう」

国の大事だ。斎宮の伊勢群行《ぐんこう》のようにはいかないだろう。人目を忍《しの》んでできるだけ迅速《じんそく》に進み、一刻も早く到着《とうちゃく》するように。

貴族たちにも知らされることはない。天勅《てんちょく》が広まれば人心は混乱し恐慌《きょうこう》する可能性が高い。

平穏を保つためにも、情報は秘されなければならない。

晴明に向き直り、彰子は一礼した。

「決まり次第、お報《しら》せください」

「はい」

「少し、疲《つか》れたみたいです。今日はこのまま休ませてください」

彰子は無理に微笑《ほほえ》んだ。そのまま立ち上がり、隣《となり》の自室に入った。

晴明は、深く重く息を吐《は》き出した。

「……晴明」

困り果てた様子の物の怪が、助けを求めるようにして名を呼んでくる。

晴明はおいでおいでと手招きをした。ぽてぽてとやってきた物の怪の頭を撫《な》でてやる。

「あれほどご自分を追い詰《つ》められていたとはな……」

ぽつりとした呟きに、勾陣が自嘲《じちょう》気味に口を開いた。

「まさかあれほどとは…、気づけなかった」

「仕方がないよ、勾陣。傷などというものは、自分以外の誰《だれ》にも、本当のところはわからないものだから」

どんなにひどい目にあっても、つらい思いをしても、まったく傷が残らないひともいるだろう。

逆に、どれほど時が経っても、癒《い》えない傷を抱《かか》えているひともいる。

晴明自身も、岦斎の件は長い間心の傷になっていた。穏《おだ》やかに思い出せるようになったのは、傷が癒えて心の痛みが和《やわ》らいだからだ。

それまでは、痛みを直視できずに目を逸《そ》らしつづけてきた。どれほど幸せになっても、何十年が過ぎても、完全に癒えずに引きずっていたのだ。

「わしでも五十余年かかった。昌浩も彰子様も、時間が足りていない」

近くにいると、互《たが》いを気遣《きづか》って、己《おの》れを責めてしまう。

老人は寂《さび》しげに呟いた。

「思いがけない話ではあったが、こうなると、いまの昌浩と彰子様には、離《はな》れることが必要なのかもしれんな……」

天照の天勅は、これ以上悪い状況《じょうきょう》にならないようにという、天の配慮《はいりょ》なのかもしれない。

◆　◆　◆

久しぶりに脩子の対屋《たいのや》を訪《おとず》れた帝《みかど》は、人払《ひとばら》いをしてふたりだけとなった。

脩子は不安そうにしている。

帳台の中には嵬がひそんでいるのだが、出てきてもらうわけにもいかない。

しばらく脩子を見つめていた帝は、ふいに顔を歪《ゆが》ませた。

驚《おどろ》く脩子の前で、帝は目頭《めがしら》を押さえた。

「おとうさま…？　どうされたの、どこかいたいの？」

「いいや…違《ちが》う、違うのだ、脩子…」

堪《こら》えきれずに唇《くちびる》を噛《か》み、帝は深呼吸をする。

「よくお聞き、脩子。……大事な話だ」

脩子は瞬《まばた》きをした。

帝はできるだけ丁寧《ていねい》に、幼い脩子にもわかるようにと心を砕《くだ》きながら、天勅があり伊勢に行かなければならないこと、いつ戻れるのかもわからないということを語った。

安倍晴明と、晴明のところにいる姫も供についていってくれるから、何も心配することはないと、脩子に対してというよりも、自分自身に対して言い聞かせた。

脩子は首を傾《かたむ》けて、父をまっすぐに見つめた。

「……わたしがいせにいったら、あめがやむの？」

「……わからない。だが、きっと天照大御神は、聞き届けてくださるだろうと、父様《とうさま》は信じている」

五つの少女は、歳に似合わぬほど思慮《しりょ》深い目をした。

「……じゃあ、いく」

帝は、身を裂《さ》かれたように錯覚《さっかく》した。脩子は静かに言った。

「いくわ。ちゃんと、かみさまにおつかえして、おとうさまのおやくにたてるようにする」

だからと、彼女は遠慮《えんりょ》がちに付け加えた。

「せいめいを、おかあさまのためにめして。おからだがよくなるように、まじないをしてほしいの」

帝は堪えきれなくなって娘《むすめ》を抱《だ》き締《し》めた。

「ああ、すぐに召《め》そう。母様《かあさま》のために、明日にでも」

脩子はうんと笑った。

久しぶりの父の腕《うで》の中はとてもあたたかくて、それが本当に本当に嬉《うれ》しかった。

10

夜半過ぎ、昌浩は邸《やしき》を抜《ぬ》け出した。

雨に打たれながら都を歩く。

追ってきた物の怪が眉《まゆ》を吊《つ》り上げた。

「おい、昌浩。どこに行くつもりだ」

「……別に、決めてない。適当」

「目的がないなら邸に戻れ。雨避《あまよ》けもしないで打たれるままにしてると、風邪《かぜ》引いて大変なことになるぞ！」

いきり立つ物の怪を見もせずに、昌浩はぽつりと呟《つぶや》く。

「いいよ、それでも」

物の怪は怒鳴《どな》り声を上げかけたが、なんとか思いとどまって頭をひとつ振《ふ》る。

あてもなく歩いていると、地震《じしん》が起こった。

昌浩と物の怪は立ち止まって様子を窺《うかが》う。

物の怪は、隠形《おんぎょう》した勾陣が随従《ずいじゅう》してきていることに気づいていた。

夕焼けの瞳《ひとみ》が剣呑《けんのん》にきらめく。

昨日昌浩が倒《たお》したはずの金色の龍。あれが放つ波動は、勾陣の神気と酷似《こくじ》していた。

それが意味するものはなんなのか。

晴明もしきりに考えていたが、どうしても解にたどり着けない。

どうせ教えるなら全部つまびらかにしてくれればよいものをと、貴船の祭神に内心で毒づく。

地震が収まったと判断して、昌浩は再び歩き出した。

しばらく並んで歩いていた物の怪は、焦《じ》れたように口を開いた。

「おい、いい加減…」

物の怪をさえぎるようにして、昌浩が言った。

「伊勢は、遠いよね」

虚《きよ》をつかれた物の怪は、咄嗟《とつさ》に反応できなかった。昌浩は足を止める。

「俺は都を離れられないから、何かあっても駆《か》けつけられないけど…」

けれども、彰子のそばには祖父がいる。

稀代《きたい》の大陰陽師《だいおんみようじ》安倍晴明が。だから、どんなことがあっても、彰子は無事でいられる。

「窮奇《きゆうき》の呪詛《じゆそ》だって、じい様がいれば抑《おさ》えられる。姫宮様の身に危険が降りかかっても、じい様がいれば、心配することなんてひとつもない」

ひとことひとことと、確かめるように言葉をつなぎ、昌浩はまるで己れに言い聞かせているかのようだった。

「だから、……俺は、その間に、勁《つよ》くなって…、何があっても俺がいるから大丈夫《だいじょうぶ》だって言えるように、誰《だれ》よりも勁くなる…」

物の怪は昌浩の前に回りこんだ。

「お前は本当にそれでいいのか⁉」

昌浩の感情が揺《ゆ》れ惑《まど》っている。自分で自分に言霊《ことだま》の呪《しゅ》をかけなければならないほど。様々な記憶《きおく》、幾《いく》つもの想《おも》い。自責と愁《うれ》いと、たくさんの感情が激しい波のように昌浩の心に打ち寄せ、荒れ狂っている。

「だって…仕方ないじゃないか！　俺じゃあ…っ」

昌浩の脳裏《のうり》に甦《よみがえ》るのは、出雲の雨。彼女の肢体《したい》に突《つ》き刺《さ》さった白刃《はくじん》の記憶だ。

「俺じゃあ、彰子を護《まも》れない……！」

護ると、決めたのに。生涯《しょうがい》かけて護ると、何があっても護り抜くと。それなのに。

自分はなんと未熟なのだろう。自分がこれほどに無力だと、知らなかった。知らなかったから、絶対に護ると断言できた。無邪気《むじゃき》に誓《ちか》えて、それを違《たが》える日がくるなど思いもよらなかった。

いまの昌浩は自分がどれほど及《およ》ばないのかを知っている。痛いほど知っているのに、それなのに。

「それでも…、俺が護りたいんだ…！　俺の手で、誰にも任せたくない、じい様でも、もっくんたちにも譲《ゆず》りたくない！　二度とあんな目に遭《あ》わせないように、俺が…！」

そのために、勁さを追い求めている。なのに、どうしてだろう。足掻《あが》けば足掻くほど、たどり着きたいところから遠退《とおの》いているような気がしてならない。

彰子にあんなことを言いたいわけではなかった。彰子にあんな顔をさせたいわけでもなかった。願うのはいつもひとつだけだったのだ。

あの冬の朝、大内裏《だいだいり》に向かう出車《いだしぐるま》を見送りながら、胸の中で何度も何度も繰《く》り返した。

幸せに、どうか幸せに。

幸せでいてほしい。怖《こわ》いこともつらいこともないように、その幸せをこの手で護りたい。

愁《うれ》いも憂《うれ》いもない日々の中を、静かに穏《おだ》やかに過ごしてほしいと。

なのに、昌浩が近くにいると、彰子は危険な目にあうのだ。昌浩のためにと彰子が必死になってくれればくれるほど、昌浩の願いとは正反対のほうに動いていく。

それは、胸をえぐられるような悲痛な叫《さけ》びだった。

「ま…」

物の怪が口を開きかけたとき、勾陣が顕現《けんげん》した。

「騰蛇！」

はっと身を翻《ひるがえ》した物の怪と昌浩の前に、あの金色の龍《りゅう》が土中から躍《おど》り出た。

「な…っ！」

昌浩は愕然《がくぜん》とした。昨夜、確かに倒したはずだったのに。

拳《こぶし》を握《にぎ》り締めて、昌浩はうめいた。

「今度こそ…！」

その全身から、仄白《ほのじろ》いものが立ち昇《のぼ》る。

物の怪と勾陣は瞠目《どうもく》した。あれは天狐《てんこ》の炎《ほのお》だ。

「昌浩、落ち着け」

物の怪の制止も聞かずに、昌浩は龍を追って駆け出した。

「ちぃっ！」

瞬《また》きひとつで本性《ほんしょう》に立ち戻《もど》り、紅蓮は勾陣とともに昌浩を追う。

金龍は土を泳ぎながら、まっすぐに北方を目指している。

大内裏に向かっているのだと全員が考えていた。だが、突如《とつじょ》として龍は、僅《わず》かに東へ進路を変える。

北東の方角だ。ここから北東には何がある。

勾陣は目を見開いた。

「安倍の邸だ」

大内裏の東方に、身分にしては広すぎる敷地《しきち》を持つ安倍邸《てい》。龍が目指しているのは、もしやそこではないだろうか。

龍は大きく身をくねらせながら咆哮《ほうこう》する。雨音の中に轟《とどろ》くその唸《うな》りを、勾陣は知っていた。

「なに…？」

愕然と呟く勾陣に、紅蓮は問いただす。

「勾？　どうした！」

紅蓮を一瞥《いちべつ》し、勾陣は信じられない思いで答えた。

「あの龍の咆哮、あれは…」

地震が生じる。龍の雄叫《おたけ》びに呼応するように、都の北東から揺れが広がっていくのを勾陣は確かに感じた。

地の震《ふる》えが伝わってくる。どこが震源《しんげん》なのか、その瞬間勾陣は察知した。

そして、高龗神が彼らに告げた、まるで謎《なぞ》かけのような言葉の意味を理解する。

「まさかあれは、地龍か!?」

不穏《ふおん》な気配を察知した安倍晴明は、不機嫌《ふきげん》さを隠さない青龍を黙殺《もくさつ》して離魂《りこん》術を使った。

青龍と天后、白虎、伊勢から戻った朱雀を供に、晴明は都を駆けていた。

「地震の源は、あの龍か」

跳躍《ちょうやく》して咆哮する龍を認め、晴明は険しい顔をした。あの龍が暴れるたびに、地震が生じて揺れが都中に広まっていくのだ。

その時、晴明たちの前に、白い影《かげ》が出現した。

反応したのは朱雀だ。

「貴様は、あのときの…！」

大内裏の温明殿《うんめいでん》で遭遇《そうぐう》した、正体不明の白い女だ。

天后は女を凝視《ぎょうし》した。朱雀や太陰から話は聞いている。自分たちによく似た出《い》で立ちの、とても腕《うで》の立つ異形だと。

道反の姫である風音に匹敵《ひってき》する霊力《れいりょく》を操《あやつ》るという白い女は、まっすぐに晴明を見据《みす》えた。

「安倍晴明」

晴明ははっとした。この姿の自分を、安倍晴明だと知っている。

「何者…？」

低い誰何《すいか》に答えはない。女は淡々《たんたん》と言い放った。

「内親王《ないしんのう》の件から手を引け。お前たちにはかかわりのないことだ」

「なに？」

眉《まゆ》を吊《つ》り上げた青龍が一歩前に出た。その全身から闘気《とうき》が立ち昇る。

しかし女は動じた風も見せずに晴明を睥睨《へいげい》している。

「忠告だ。命が惜《お》しくば聞き入れよ」

いまにも攻撃《こうげき》をしかけようとする神将たちを制し、晴明は厳《おごそ》かに問うた。

「なぜ、私が安倍晴明だと知っている」

女は眉ひとつ動かさない。

「我が神はすべてをご存じだ。よいな、安倍晴明。この国を大事と思うなら、内親王のことは捨て置け」

女が言い終えた瞬間《しゅんかん》、ひときわ大きな地震《じしん》が起こった。

晴明たちの意識が龍に向けられる。その隙《すき》に、女の姿は忽然《こつぜん》と消えた。

「何者だ、あの女…！」

激昂《げっこう》した青龍が唸る。いまにも追っていきそうな様子の同胞《どうほう》を、白虎が諫《いさ》めた。

「落ち着け、青龍。それよりも、あちらのほうが先決だ」

金色の龍が徐々《じょじょ》に接近してくる。

神将たちは、龍を追う同胞の神気を感じ取った。

天后が目を輝《かがや》かせた。

「勾陣がこちらに向かってくるわ」

青龍の表情が一層険しくなった。勾陣は昌浩を追って出て行ったはず。ならば、騰蛇もいるはずだ。

鋭利《えいり》さを増した闘気が立ち昇るのを、青龍は抑《おさ》えようともしない。

晴明は息をついた。

唐突《とうとつ》に、高龗神の言葉が耳の奥に甦った。

――時は少ない。刻一刻と、龍の暴走は強まっていくだろう
大局を見れば、雨と地震と龍はつながっている。

――お前はあの龍を知っているはずだ。都を守りたいと願うなら、それを思い出すことだな
晴明は知っているという。だが、龍の知り合いなど晴明は、貴船の祭神以外には諏訪《すわ》の龍神くらいしか心当たりがない。

龍の放つ金色の光が勢いを増しているように見える。内側から燃え上がるように、龍身を包み込んでいる。

龍が目指しているのは都の北東。北東にあるのは――――。

「――――」

唐突に、晴明の脳裏《のうり》で閃光《せんこう》が爆《は》ぜた。

「まさか…！」

「晴明？」

訝《いぶか》る朱雀と案じる風情《ふぜい》の白虎が視線を向けてくる。気遣《きづか》う様子の天后が、思わずよろめいた

晴明を慌《あわ》てて支えた。

「晴明、どうした」

険のある語気で問うてくる青龍に、額を片手で押さえた晴明は茫然《ぼうぜん》と呟《つぶや》いた。

「わかった…」

「なに？」

晴明は龍《りゅう》をまっすぐに睨《にら》んだ。

「あれは、龍脈の化身《けしん》だ…！」

龍を追う昌浩は、あとにつづく神将たちの会話など耳に入っていなかった。

奴《やつ》が出現したと同時に地震が起こり、暴れるたびに揺《ゆ》れがひどくなる。あの龍がいる限り、地震は止まらない。

倒《たお》さなければ。一度は調伏《ちょうぶく》した。できるはずだ。

ひた走る昌浩の全身から仄白《ほのじろ》い炎が立ち昇る。昌浩の首に下がった勾玉《まがたま》の冷たい波動が、それを抑え込もうとしていた。

昌浩はしかし、それにすら気づいていなかった。見えているのは荒《あ》れ狂《くる》う金色の龍だけだ。

昌浩のあとにつづきながら、紅蓮は同胞に問うた。

「勾、地龍というのは本当か？」

「ああ、おそらく間《ま》違《ちが》いない」

確かに、地龍ならば納得《なっとく》がいく。あの龍が放つ波動が勾陣のものに酷《こく》似《じ》していたのは、彼女が地龍と同属とも言うべき土将であるからだ。

「あれが地龍なら、目指しているのは安倍の邸《やしき》だ。あの敷地の地下には、龍脈の合流地点がある」

さしもの紅蓮も驚愕《きょうがく》した。そういえばそうだ。ずっと昔、晴明が言っていた。

安倍邸の北東にある森には、龍脈にまで達する深い穴があるのだ。それはあくまでも安倍家に伝わる言い伝えで、確かめたことはないと、晴明は笑っていた。

この国は、龍の形をしている。そして、国土の地下深くには、龍の身体を流れる血潮のような、大地の気の流れがあるのだ。

その流れを、龍脈と呼ぶ。龍脈は、大地の息吹であり、脈打つ命の波動。

安倍邸《てい》の地下には、龍脈が確かに通っている。二本の龍脈が合流し、その力が激しく渦巻《うずま》いているのだ。

へたに力のあるものがそれを知れば、龍脈の力を悪用するかもしれない。そう考えた安倍家の祖先が、あの場に邸を構えた。

だから安倍邸は、身分に不釣合《つりあ》いなほど広い敷地《しきち》を有している。広くても実際に使用しているのは半分程度で、龍脈に通じる龍穴《りゅうけつ》を隠《かく》す森には、決して入ってはならないと禁じている。

それでも、幼い時分の成親のように、興味本位で入る者もいる。しかし龍穴は恐《おそ》ろしいほど深いのだ。人間が底まで落ちれば、戻《もど》ってくることはできないだろう。

昌浩たちは西洞院大路をまっすぐ北上している。

そのことに気づき、昌浩は色を失った。

この先には安倍の邸がある。彰子がいるのだ。

「く…っ！」

駆《か》けながら印を結び、昌浩は叫《さけ》んだ。

「オン、アビラウンキャン、シャラクタン！」

「昌浩、よせ！」

紅蓮が叫ぶが、昌浩は構わずにつづけた。

「この術は凶悪《きょうあく》を断却《だんきゃく》し、不祥《ふしょう》を祓除《ふつじょ》す…！」

昌浩の目には、金色の龍しか映っていないのだ。

紅蓮は舌打ちした。

無駄《むだ》だ。いくら昌浩が術を放って調伏しても、あれが龍脈の化身たる地龍ならば、何度でも甦《よみがえ》る。龍脈を走る大地の気は無限なのだから。

そして勾陣は、高龗神の言葉の真の意味にたどり着き、瞠目《どうもく》した。

龍の暴走は、そのまま龍脈の暴走だ。龍脈は都の真下を通っている。龍脈の暴走がこのまま激しさを増せば、やがてそれは地割れを起こすほどの凄《すさ》まじいものとなるだろう。

そうなれば、都が崩壊《ほうかい》する。

勾陣は唇《くちびる》を噛《か》んだ。

「だめだ、昌浩！　龍を攻撃しても意味がない！」

昌浩の背に重なる仄白い炎がひときわ大きく燃え上がる。

天狐の血は道反の玉が抑制《よくせい》しているはずなのに、昌浩の感情がそれを凌《しの》いでいるのだ。

柏手《かしわで》を打ち、刀印を作って顔の前に立て、昌浩は低く唱えた。

「八剣《やつるぎ》は花の刃《やいば》、此《こ》の剣《つるぎ》は雷《かみなり》の刃の…！」

高く掲《かか》げた刀印の先端《せんたん》に、白銀の閃光が迸《ほとばし》る。

「向から悪魔《あくま》を打ち祓《はら》う草薙《くさなぎ》の剣――――！」

振《ふ》り下ろされた刀印から、八重《やえ》の雷が放たれる。

雷は轟音《ごうおん》とともに龍に襲《おそ》いかかり、その身を八つに切り裂《さ》いた。

激しい爆裂《ばくれつ》が生じる。木っ端微塵《こっぱみじん》になった龍身の欠片《かけら》が、雨とともに降り注いできた。

それをまともに浴びた昌浩は、突然膝《とつぜんひざ》が折れて倒れかかった。

「昌浩！」

追いついた紅蓮が腕《うで》を摑《つか》んで支える。昌浩は茫然と瞬《まばた》きをした。

「え…、何…？」

足に力が入らない。龍の体から迸った金色の光を浴びたときと同様だ。

追いついた勾陣が舌打ちしながら昌浩の体に降りかかった欠片を払《はら》った。

「人間がこれほど激しい大地の気をあびて、平気でいられるわけがないだろう！」

珍《めずら》しく声を荒《あら》げる勾陣に、昌浩は茫然と尋《たず》ねた。

「大地の…気…？」

「ああ、そうだ。あの龍は、都の地下を流れる龍脈の化身だ」

怒ったような紅蓮の声音《こわね》が耳に痛い。

「何度倒しても、必ずまた出てくる。完全に消し去るには、龍脈そのものを断《た》つしかない」

昌浩は目を細めた。

「……なら、龍脈を断つ」

一瞬絶句し、紅蓮は怒号《どごう》した。

「馬鹿《ばか》か！　龍脈はこの国の命も同然だ！　そんな真似《まね》をしたら国が滅《ほろ》ぶ！」

どくんと、昌浩の鼓動《こどう》がはねる。

ならば、どうしたらいいのだろう。雨がやまない以上、せめて地震《じしん》を止めないと都が危《あや》ういのだ。

かくりと膝をついて肩で息をする昌浩に、紅蓮と勾陣は険しい眼差《まなざ》しを落とした。

昌浩の心の箍《たが》は外れる寸前だ。

勾陣は紅蓮の横顔をちらと見やった。彼もまた、いまの昌浩のように極限まで追い詰《つ》められたことが何度もある。そのたびに、一体どうやってそこから這《は》い上がり、己《おの》れを保ちつづけたのだろう。

勾陣には想像がつかない。彼女には、それほどの傷を負った経験がないからだ。

想像力には限界がある。理解したつもりでも、それが本当に正しいかは、当事者でなければわからない。

相手の心を正確に理解するためには、自分の経験則以上のもので測らなければならない。もっとも近しいはずの同胞《どうほう》のものですら、あくまでも推測の範疇《はんちゅう》でしかないのだ。ましてやまったく別の存在である人間の心を、簡単に理解できるわけはない。

だから勾陣は、いつも相手を完全に理解できているとは思わない。常に一歩引いて大局を見るように努めているのは、そうすることで自分が相手の意思や感情に引きずられないための、自衛の意図もある。

自分自身が揺らいでしまったら、見えるものも見えず、助けられるものも助けられなくなる。

芯《しん》が抜《ぬ》けてしまったように、昌浩は立ち上がれなかった。

自分がよくわからない。どうしてこんなに苛立《いらだ》っているのか。どうしてこんなに焦燥《しょうそう》しているのか。どうしてこんなに切迫《せっぱく》しているのか。

胸の奥にひとつの大きな波がある。恐ろしいほど激しく渦巻いて、すべてを呑《の》み込もうとしているようだ。

どくんと心臓がはねる。耳の奥でうるさいほどに。

雨音が聞こえる。水溜《みずたま》りに描《えが》かれる波紋《はもん》が歪《ゆが》んで、再び地が震動した。

収まるまで相当時間がかかった。

土中に蠢《うごめ》くものがあるのを、勾陣は感じ取っていた。

龍脈《りゅうみゃく》の化身《けしん》が、再び胎動《たいどう》しているのだ。

どこから出てくるか。

身構えた神将たちは、こちらに向かってくる同胞の風を認めた。

「白虎？」

目を凝《こ》らしたふたりの前に、幾《いく》つもの影《かげ》が降り立つ。

紅蓮が驚《おどろ》いて声をあげた。

「晴明…！」

その名を聞いて、昌浩はのろのろと顔を上げた。

離魂《りこん》術を用いた晴明が立っている。その姿が、妙《みょう》に懐《なつ》かしい気がした。

昌浩を一目見て、晴明は事態が緊迫《きんぱく》していることを悟《さと》った。力のない昌浩の瞳《ひとみ》の奥に、仄白《ほのじろ》い炎が揺《ゆ》れている。

「昌浩…」

足を踏《ふ》み出そうとしたとき、またもや地震が起こった。しかも、震源《しんげん》が近い。地面が波打っているような錯覚《さっかく》をおぼえる。地脈の波動がごく近くにまでせりあがってきているのを感じた。

なんとかして龍脈の暴走を抑《おさ》えなければ。だが、どうやって。

「地鎮《じちん》……地の神を召喚《しょうかん》して、助力を乞《こ》うか…」

呟《つぶや》いた瞬間《しゅんかん》、晴明は気配を感じた。

神将たちの神気が瞬時《しゅんじ》に逆巻く。

異様な雰囲気《ふんいき》に呑まれた昌浩は、声もなく視線を滑《すべ》らせた。

かすかな震動が絶え間なく生じている西洞院大路。

いまだ夜明けには遠い雨の中、漆黒《しっこく》の影が降り立った。

11

悠然《ゆうぜん》と歩み寄ってきた影が、一丈《じょう》ほどの距離《きょり》を置いて止まる。

光のない雨夜であっても、暗視の術を己れにかけた晴明と昌浩には、その姿が鮮明《せんめい》に見えていた。

昌浩はふらりと立ち上がった。これ以上ないほど見開かれた瞳を、相手は涼《すず》しげに見返してくる。

「冥府《めいふ》の…官吏《かんり》…」

茫然《ぼうぜん》とした響《ひび》きに、彼は片方だけ口端を吊《つ》り上げた。

墨染《すみぞめ》の衣《ころも》をまとった冥官は、警戒《けいかい》した様子で沈黙《ちんもく》している晴明に視線をくれた。

「随分《ずいぶん》手間取っているようだな、安倍晴明よ」

晴明は目許《めもと》に険をにじませた。

「……冥官殿《どの》、なぜここに」

「用があるからに決まっている」

即座《そくざ》に返し、冥官は神将たちを見渡《みわた》した。六名いる神将たちは皆《みな》、冥官に快い感情を持っていない。この場にいない六名もまた、表現の仕方は違《ちが》えども、みな同じ心境だろう。

「伊勢の天勅《てんちょく》は、龍脈の暴走とつながっている」

単刀直入に切り込んできた冥官は、驚愕《きょうがく》で晴明たちの言動を封《ふう》じた。

「伊勢に行くことだな、安倍晴明。もっとも、お前がいないと、都の龍脈はますます荒《あ》れ狂《くる》うだろうが」

晴明は固唾《かたず》を呑んだ。下手《へた》なことを口にすると、これ以上の助言が得られなくなる。

そう、これは助言だ。

本来冥府の官吏は、死者にのみその権限を発揮する。生者の世界である人界にかかわりを持とうとはしないのだ。

それは、冥府の大綱《たいこう》でもあるという。彼は、特別の理由がない限り、どれほどの惨事《さんじ》が起きようともそれに手出しすることはない。

だが、今回ばかりはそうもいっていられないのだろう。国の大事は、冥府の秩序《ちつじょ》をも乱すことになるからだ。

「どうすれば、良いのですか、官吏殿」

慇懃《いんぎん》に尋《たず》ねる晴明に、冥官は問い返した。

「力を貸してほしいか」

口を開きかけた晴明を、青龍がさえぎった。

「耳を貸すな晴明！　こいつに借りなど作るな！」

吠《ほ》える青龍を一瞥《いちべつ》し、冥官は目をすがめる。

「黙《だま》れ、十二神将。俺がいま話しているのは、貴様たちではない。不甲斐《ふがい》ない主《あるじ》の方だ」

朱雀が背負った大剣《たいけん》の柄《つか》に手をかける。青龍の手に大鎌《おおがま》が召喚された。天后の周囲に水の波動が渦《うず》をまき、白虎を包む風が鋭《するど》さを帯びる。勾陣は腰帯に差した筆架叉《ひっかさ》に触《ふ》れ、紅蓮のまとう炎の闘気《とうき》が激しさを増した。

一触即発《いっしょくそくはつ》だ。

昌浩は啞然《あぜん》とした。いつもいつもいがみ合っているところしか見たことがない紅蓮と青龍が、いまだけはまったく同じ反応を見せている。

昌浩も冥官は知っているが、どうしてこんなにも神将たちが敵意を剝《む》き出しにしているのか、その理由がわからず困惑《こんわく》していた。

晴明は式神たちを止めるように前に出た。

「私の手には余るのでしょう。ならば、助勢をお願いしたい」

「後悔《こうかい》するなよ」

冷然と突《つ》きつけてくる声音《こわね》に、薄《うす》ら寒いものを覚えた。しかし、あとには引けない。

「はい」

晴明が頷《うなず》くと、冥官はにやりと笑った。

「言質《げんち》は取った。お前も陰陽師《おんみょうじ》の端《はし》くれだ、言霊《ことだま》を違《たが》えることは身の破滅《はめつ》だと心得ておけ」

「言わせておけば……！」

いきり立つ青龍を、晴明は片手をのばして制する。

「晴明！　止めるな！」

「宵藍、下がれ！」

一喝《いっかつ》しても、青龍は収まらない。手にした大鎌に神気が寄り集まっている。

これだけの人数から敵意と戦意を叩《たた》きつけられているにもかかわらず、冥官は涼しい顔で動じた様子をまったく見せない。

懐《ふところ》から何かを取り出すと、晴明に見えるようにそれをひらめかせた。

晴明にはそれがなんなのかが一目でわかった。

「それは…！」

「そう。お前が出雲より持ち帰った鋼《はがね》の玉だ」

昌浩の心臓が不自然にはねた。あれを昌浩も知っている。

魑魅《すだま》の中に埋《う》め込まれていた、核《かく》の鋼だ。あの中に彰子の魂《たましい》が封じ込められていたのだ。

「どうして、それが」

茫然と呟く昌浩に、冥官は一瞬視線を投げた。

「使えそうなものは使うまで。しまっておくだけでは意味がない」

冷たく言い放ち、冥官は神将たちの顔ぶれを確認《かくにん》した。

「好都合」

薄く笑い、晴明を射貫《いぬ》く。

「お前の式神を借りるぞ」

驚く晴明が何か言葉を発する前に、冥官の言霊が響いた。

「十二神将青龍、白虎、朱雀、天后、勾陣」

名を呼ばれた神将たちが、見えない縄《なわ》に搦《から》め捕《と》られたように自由を失った。

「な…っ⁉」

凄《すさ》まじい呪縛《じゅばく》が全身にかかり、次いで、唐突《とうとつ》に視界が暗転した。

「勾⁉」

叫《さけ》びを聞いたと思った。その刹那《せつな》、勾陣はがくりとくずおれた。衝撃《しょうげき》が全身を突き抜《ぬ》ける。

鉛《なまり》のように重い瞼《まぶた》をかろうじて上げると、片膝《かたひざ》をついた紅蓮が倒《たお》れる寸前の勾陣を受け止めていた。

神気を根こそぎ奪《うば》われたのだと理解したときには、神将たちは路《みち》に倒れ、動けない。

必死で身を起こそうとする青龍が、泥《どろ》を掻《か》きながら冥官を凄まじい眼光で睨《にら》む。

「く…っ、貴様…！」

「宵藍！　白虎、朱雀！　天后…！」

なすすべもなく倒れ伏《ふ》している式神たちに、さしもの晴明も色を失う。

何が起こったのか理解できていなかった昌浩は、冥官の手にした核の鋼に、五人分の凄まじい神気が封じ込められたのだと唐突に悟《さと》った。

「五行の力を込めたこの鋼で、龍脈の暴走を抑《おさ》える。だが、長くは持たない」

鋼の玉を懐《ふところ》にしまい、冥官は晴明に言い渡《わた》した。

「安倍晴明。雨と龍脈のつながりを突き止め、すべてを未然に防いで見せろ」

傲然《ごうぜん》と言い放つ冥官に、晴明は必死で冷静に対峙《たいじ》した。

「すべて、とは……？」

「さて。俺とて何もかもを見通しているわけではない。様々な思惑《おもわく》と神が複雑に絡《から》み合い、国の根幹を危《あや》うくするような事態が生じつつあると、知っているだけだ」

一番軽い天后に肩《かた》を貸して立ち上がらせながら、晴明はさすがに険しい面持《おもも》ちをした。

「いくらなんでも、神将たちにこのような仕打ちは……！」

「後悔するなと、あらかじめ言っておいたはずだ。言質は取ってある」

「ですが」

「案ずるな。死にはしない。時をかければ神気は戻《もど》る。しばらく動けなくなるだけだ」

青龍の瞳《ひとみ》が怒りのあまり赤紫に転じている。しかし、攻撃《こうげき》はおろか立ち上がることもできない。

視線が物理的な効力を持っていたらと、いまほど痛切に念じたことはない。

「時は少ない、心して行け」

冥官《めいかん》は涼《すず》しげに笑うと、身を翻《ひるがえ》しかけた。

昌浩は、一瞬冥官と目が合って及《およ》び腰《ごし》になった。祖父の晴明を手玉に取るこのひとと比べたら、自分などひよこにもなっていない。

冥官は昌浩を凝視《ぎょうし》した。彼の口元から余裕《よゆう》の笑《え》みが掻き消える。

彼は腰に佩《は》いた太刀《たち》に手を添《そ》えると、目にもとまらぬ速さで鞘《さや》から抜き放った。

何が起こったのか、一瞬理解できなかった。

視界に白刃《はくじん》が映る。視線を落とすと、喉元《のどもと》に突きつけられた切っ先があった。

昌浩は息を止めた。冥官が少しでも力を込めれば、切っ先は造作もなく喉に食い込むだろう。

衝撃のあまり、身を引いて逃《のが》れることすらできない。冥官の鋭利《えいり》な眼光に完全に呑まれ、全身が硬直《こうちょく》していた。

しばらく昌浩に刃《やいば》を向けていた冥官は、唸《うな》るように言い放った。

「――――堕《お》ちるなよ」

昌浩は瞠目《どうもく》する。

冥官の言霊は、耳に重く突き刺さった。

「鬼《おに》に堕ちるのは容易《たやす》い。這《は》い上がれなくなるぞ」

どくんと、鼓動《こどう》がはねる。

刃が引かれて、解放される。昌浩はへなへなとくずおれた。

「子どもを狩《か》るのは、いささか寝覚めが悪い。——堕ちるなよ、安倍昌浩」

冥官は今度こそ踵《きびす》を返し、二度と振《ふ》り返らなかった。

夜闇《よやみ》に墨染《すみぞめ》の衣《ころも》がとけていく。昌浩は肩で息をしながら、茫然《ぼうぜん》と呟《つぶや》いた。

「……おに…？」


その一部始終を、白い女は眺《なが》めていた。

冷たい双眸《そうぼう》が怜悧《れいり》にきらめく。

「……龍脈を、抑えたか」

呟いて、女は身を翻した。

◆　◆　◆

胸騒《むなさわ》ぎがして、風音は目を開けた。その傍《かたわ》らに、隠形《おんぎょう》していた六合が顕現《けんげん》する。

身を起こした風音は、怪訝《けげん》そうに首を傾《かたむ》けた。

問うような六合の視線に気づき、眉根《まゆね》を寄せて声をひそめる。

「神気が、急に消えてしまった気がする」

複数の、神将たちの神気が、唐突に掻き消えた。

六合は黙然《もくぜん》と頷いた。勿論《もちろん》彼も気づいている。死の危険は感じないが、何かが起こっていることは確かだった。

「彩煇。晴明様のところに行って、何が起こったか伺《うかが》って来たほうがいいかもしれない」

「ああ」

立ち上がって、六合はふっと隠形した。

息をついた風音は、袿《うちぎ》を羽織って簀《すの》子に出た。

雨の中に、何かの気配がある。

ふと、視線を感じた。振り向くと、角のところに阿曇が立っていた。

風音は怪訝そうに眉《まゆ》をひそめた。

一体いつからそこにいたのだろうか。

阿曇は無言で立ち去っていく。その姿を追っていた風音は、ふと気がついた。

彼女の長い髪《かみ》が、雨に打たれたように濡《ぬ》れていた。

◇　　◇　　◇

ざざ、と波の音がする。

闇の中で、斎《いっき》は静かに祈っていた。

その傍らに、益荒《ますら》が控えている。

斎はゆっくりと瞼を上げた。

「――時が少ない」

益荒が険しく目を細めた。

少女の声が、闇にとける。

「御柱《みはしら》のために、あの姫《ひめ》を……」

ざざ、ざざ。

波の音は、絶えることなく響《ひび》いている。

あとがき

我が家には色々と妙《みょう》なものがあるのですが、いくら資料とはいえあんまりそういったものが増えると、胡乱《うろん》に思われそうな気が、しないでもありません。

先日、西洋の魔術儀式《まじゅつぎしき》で使う細身の剣《けん》を見つけて、滅多《めった》に見かけないしほしいけどどうしようかしらそもそもこんなシロモノが部屋に普通《ふつう》にあるってさすがにどうなの、と思案していたところ、こう言われました。

「買っちゃえば？　作家の家にどんな変なものがあっても、誰《だれ》も驚《おどろ》かないよ」

そうかなぁ？

陰陽道《おんみょうどう》や陰陽術の書籍《しょせき》はともかく、独鈷杵《とっこしょ》とか七支刀《しちしとう》とかあっても、本当にすんなり納得《なっとく》してもらえるんでしょうか。すんなりは無理な気がするんだけどなー。

いや、独鈷杵も七支刀も持ってるわけじゃないんですが。


お久しぶりです、こんにちは。皆様《みなさま》いかがお過ごしでしょうか、結城光流でございます。

少年陰陽師第二十二巻をお届けいたします。通算は二十三冊目。時々自分でも混乱します。

恒例《こうれい》のキャラクターランキング。今回、ついに、ついに、順位が変動いたしました。

一位、煉獄《れんごく》の炎《ほのお》を身にまとう、十二神将火将騰蛇。

二位、悩《なや》める少年陰陽師、安倍昌浩。

三位、我らが物《もの》の怪《け》のもっくん。

以下、六合、勾陣、青龍、彰子、じい様、玄武、風音、太裳、太陰、結城、若晴明、汐、車之輔、朱雀、高龗神、猿鬼、斎《いつき》、そして冥官。

二十三冊目にして、悲願の一位達成。おめでとう紅蓮。

今回一位の座をついに明け渡《わた》した昌浩は、前巻から元気がないのが敗因かもしれません。物の怪のもっくんはここのところ安定した人気を保っていますね。六合、勾陣も常に上位をキープ。ダークホースはついに準レギュラーとなった冥官でしょう。

トップ3が今後どのように変動していくのか、気になるところです。

が、あまり時間がないので、次巻ではランキング発表はないかもしれません。


そうなのです。次の少年陰陽師は八月発行予定なのです。

ここに至るまで、担当N川女史と凄《すさ》まじい攻防《こうぼう》が繰《く》り広げられました。

光「いくらなんでも無茶です、二ヶ月強で文庫雑誌文庫て！（『ザ・ビーンズ』は七月末発行予定)」
N「大丈夫《だいじょうぶ》、結城さんならできます」
光「できなかったらどうするんですか！」
N「そう言いながら、結城さんは一度もできなかったことがなかったじゃないですか」
光「今度こそだめかもしれないでしょう⁉」
N「いいえ、読者が待っている限り、結城さんは絶対に大丈夫」
光「私の今年のスローガンは『無理をしない、頑張《がんば》り過ぎない』なんだーっ！」
侃々諤々《かんかんがくがく》。
そんな攻防は、途中《とちゅう》思いがけない展開を見せました。
N「結城さん、実は私、人事異動でビーンズ編集部を離《はな》れることになりました」
光「えっ⁉」
N「あとのことはH部に託《たく》していきます。ちなみに六月八月十月の隔月《かくげつ》刊行についてはビーンズ編集部超《ちょう》やる気なので、そのおつもりで」
光「待て！　一冊増えてるのはなぜ⁉」
N「置き土産《みやげ》です。お世話になりました、お元気で～」
颯爽《さっそう》と異動していったN川女史に代わって、少年陰陽師三人目のメイン担当H部女史登場。
H「よろしくお願いします。で、隔月三冊刊行スケジュールなんですが」

光「だからなんで一冊増えているのか！　異議あり！」
H「異議を却下《きゃっか》します。弁護人は軌道《きどう》修正してください」
光「裁判長、それは横暴というものではないですか!?」
H「でもね、結城さん。隔月で三冊、しかも全部書き下ろし。これをやったら読者の皆さんは、きっと凄《すご》く喜んでくれますよ？」
最強呪文《じゅもん》「どくしゃがよろこぶ」発動（同レベルの呪文に「どくしゃがおどろく」があり）
光「う…っ！（パーン、こうかはばつぐんだ！）　うぅぅ…いや、喜ぶのは、喜ぶだろうけど…いやでもさすがに無理ー！　できて六月、八月刊。十月は無理！」
H「うーん、仕方ないですねぇ。三冊目に関しては要検討ということで折り合いをつけましょうか。十月に出るかどうかは、読者の皆さんにも意見を求めるということで」（というわけで、あとがきをお読みの皆さん、十月にも少年陰陽師を出してくださいと、ぜひ結城さんにお手紙を書いてくださいね♪　by H部）
恐《おそ》るべし、H部。いままでで一番隙《すき》を見せられない担当…！
とりあえずH部女史は、この本と八月刊と、七月末発売予定ザビを合わせて、何か企画《きかく》を考えているようです。
これについての詳細《しょうさい》は、文庫の帯や雑誌をチェックしてみてください。

H部女史はビーンズ編集部に配属になる前から少年陰陽師を読んでいたそうです。へぇー。振《ふ》り返ってみれば少年陰陽師一巻発売からもう六年。長いなぁ、六年。赤ん坊《ぼう》が小学一年生になるんだもんなぁ。

前担当N川女史とは「玉依編のラストはこんな感じで。そのあとに〜〜とか〜〜とか〜〜な話があって、少年陰陽師全体の最終章は〜〜という感じになるから、まだまだ先は長いなぁ」という話もしていました。

ので、まずはH部女史にも全体の流れを伝えなければなりません。

その前に、果たしてうまくやっていけるかしらというのが最優先事項《じこう》です。パートナーとの人間関係はとても大切。

担当変更《へんこう》後最初の打ち合わせで、今後の関係が決まります。気が抜《ぬ》けません。

光「今回の話なんですが、〜〜という感じで。それでですね、ラストの辺りで〜が〜〜で、くずおれる寸前の勾陣を紅蓮が抱《だ》き留めるというのを書きたいんですが……」

H「それは絶対必要です！　書かないと！」

……その瞬間《しゅんかん》「あ、私このひととうまくやっていけそう」と思いました。

ちなみにH部女史、隙を突《つ》いてくるのが非常に巧《たく》みで、がんがん攻《せ》めてきます。

この本を書き終わってから二日後、はーやれやれと息をついていたとき、やってきたメール。

H『六月刊お疲《つか》れ様でした。帯に告知をするので、八月刊のタイトルをください』

……無茶振りにもほどがあると思うんだ…。

終わったばかりなのに無理です結城はタイトルを考えるのが苦手なんですと、切々と直訴《じきそ》。

H『えっ、そんなふうにはとても思えません。いつも絶妙《ぜつみょう》なタイトルを出されていて、凄いなぁと感心していたんですよ。だから今回も出てきますよ』

光「無理――――っ！」

H『そうですか？　とりあえず、×日まで…いえ、○×日までならぎりぎりで待てますから。読者の皆さんのためにも、頑張ってみてください。私も楽しみにしていますから』

うーんうーんうーんうーん。

タイトルー、タイトルー、タイトルー、次の話に合ったタイトルー、出てこいタイトルー。

無理、絶対に無理、いきなり言われたって出てくるわけないじゃないっ。助けてじい様！

悩みながら舞台《ぶたい》を観《み》に行き、休憩《きゅうけい》時間中に資料を読んでいたら、なんとか出てきました。

きっと憐《あわ》れに思ったじい様が、これにしなさいと授《さず》けてくれたに違《ちが》いない。

少年陰陽師第二十三巻『刹那の静寂《しじま》に横たわれ』。たぶん八月一日発行。


メインはH部女史ですが、新たにK藤女史も担当になりました。

ふたり担当がいるということは、前門の虎《とら》、後門の狼《おおかみ》ということです。ある意味逃《に》げ場なし。さて、K藤女史。この方は、社会人になる前から少年陰陽師を読まれていたそうです。六年て本当に……。

K「まさか自分が、ずっと読んでいた少年陰陽師の担当になる日が来るなんて…」

それに対し、まさか読者が担当になる日が来るなんて、というのが私の感想だったりします。

いまこれを読んでいる読者の皆さんも、いつかこんなふうにして大好きな作品や作家に仕事でかかわることがあるかもしれませんね。

陰陽師七巻を読んで電車の中で号泣《ごうきゅう》した、というK藤女史。歴代担当の中では、彼女が一番読者に近しい立ち位置にいるのではないかと思います。

こんな裏設定があったりするんですよと幾《いく》つか披露《ひろう》しましたところ、凄まじい勢いで食いついてきてくれました。少年陰陽師現代パラレルネタもまだまだあるので、それも色々と話したら、「それ、読みたいです！」とやる気満々になっていました。

編集のやる気は何かにつながるものなので、先々何かやるかもしれません（私と担当は少年陰陽師を最優先にしつつ常に色々企《たくら》んでいます）。

余談ですが、カバー袖《そで》であんな会話を交《か》わしたあとにこの二十二巻を通し読みしたH部女史。

「やっぱり、一番危《あや》うかったのは昌浩の主人公の座だと思います。キャラランキングでもそれが如実《にょじつ》に表れてますし。恐るべし冥官」

主人公昌浩どころか晴明すら完全に食っている冥府《めいふ》の官吏《かんり》についてもっと詳《くわ》しく知りたい方は、角川ビーンズ文庫で好評発売中の「篁破幻草子」シリーズをお読みください。

CMを入れたところで、ようやく折り返し。

さて、後半戦。

今回はあとがきがたくさんなのです。

ファンレターでよく「あとがきが面白《おもしろ》くて好きです」といただくので、今回は余裕《よゆう》もあることだし、担当変更記念であとがき大増量ページと相成りました。

そんなに余裕があるならいっそショートショートでも書きますかねと提案したのですが、あくまでもあとがきのためのページですと却下されました。

H「ショートショートは雑誌ですとか、全員サービスですとか、そっちにください。結城さんがそんなにやる気になってくださったのですから、企画をがんがん立ててますね！」

や、やぶへび…。

H「読者の皆《みな》さんもきっと喜んでくれますよ、結城さんは本当に読者思いですねっ♪」

え、あの、その……。

H「私も読者の皆さんのために、結城さんをがんがん追い立てますね♪」

いや、それは、えーと…。


話は変わりまして。

おかげさまで少年陰陽師は翻訳《ほんやく》版が台湾《たいわん》、韓国《かんこく》、タイで出版されております。

外国の方はどんな感想を抱《いだ》いているのだろうかと常々思っていましたところ、台湾の方からファンレターをいただきました。

『日本語も英語もできないけど、どうしても感想を書きたかったので中国語で書きます』という出だしで、すべて中国語です。便箋《びんせん》一枚にびっしり書かれた漢字。しかも知らない漢字がいっぱい。読めない。でも読みたい。

なんといっても外国から来たファンレター第一号。諦《あきら》めたくない。

タイ語とか韓国語だったら完全にお手上げだけど、中国語ならばなんとかなるはず。

武器は文明の利器、インターネットの翻訳サービス。

三時間以上かけて、必死で訳しました。

六合がお好きだそうです。

後日、台湾からの手紙を頑張《がんば》って読みましたよという話をしたら、H部女史はこう返してきました。

「実は、別の台湾の方からのファンレターが今日届きました」

「おお、そうなんですか。サイトの日記でも触《ふ》れたからかな。『謝謝信』て書いたんですよ。サイン会にも何人か台湾の方がいらしたし、挨拶《あいさつ》とか簡単な会話くらいはできるようになりたいですねぇ。いずれは台湾にも行ってみたいし」

「今度の手紙は、ちょっと訳すのが大変だと思います」

「え、どうして？」

「便箋五枚の両面を使って中国語でびっしりと書いてあります。実質十枚分」

「…………ま、負けない…」

なんて話を現場でしたら、影《かげ》のプロデューサーK氏や音響監督《おんきょうかんとく》、O川氏やT巻さんから
「角川に訳せるひとっていないんですか？　海外版権扱《あつか》ってるところとか」

との提案をいただきました。

訳せる方、お待ちしております。

何度かお話ししていますが、いただくファンレターは本当に励《はげ》みなんですよ。

四年生の女の子からいただいたり、親子で読んでいますというお母様からいただいたり。

一番多いのはやはり学生さんですが、社会人の方もいらっしゃいます。読み始めた頃《ころ》は中学生でしたという方は、今年社会人になったとか。

いつか、結婚《けっこん》しました、子どもが生まれました、というお手紙をいただく日も来るかもしれません。

直接会うことはなくても、作品を通してたくさんのひととかかわることができるというのは、本当に凄《すご》いことだと思います。

毎年年賀状をくださる方。新刊が出るたびに感想をくださる方。何年も読んでいるけど初めて手紙を書きますという方。ほかにもたくさんの方がいらして、一通一通を大切に大切に読んでいます。

このキャラが好きですという声が多いと、そのキャラが活躍《かつやく》したりもします。ファンレターの影響《えいきょう》は大きいです。

あんまりきゅうきゅうなスケジュールがつづいて、もう書くのやだー！　と荒《あ》れることもたまにあるのですが（苦笑）、そういうときはファンレターを読んで立ち直るわけです。

担当の最後にして最大最強の武器は「新作が出るのをみんな楽しみに待ってますよ、頑張りましょう結城さん」だったりしますしね。

ほかの作家の方はどのようにしてモチベーションを上げているのかわかりませんが、私の場合はこんな感じです。

先日、久しぶりにびんわんプロデューサーN川路通称《つうしょう》びんわんNと会った折、ダイエットの話になりました。

タイムリミットがやってきまして、別れ際にびんわんN、ひとこと。

「つづきはWebで！」

「Web!?」

……指定されたからには書かねばなりますまい。

サイトのブログにてアップ。

［びんわんNへ。コンビニのお弁当などに使われている防腐剤《ぼうふざい》は太るので、コンビニものは控《ひか》えたほうがいいですよ］

後日、びんわんN、ブログをチェック。

「ははぁ、なるほどー。いままさにコンビニ弁当を食べてます。だめじゃん俺」

後日それを聞き、ネタにしていいという許可をもらったので、書かせてもらいました。

びんわんNや音響監督と話していると、どこにも書けないくらいばかばかしい方向に展開していくので、大変面白いです。

そういえば、アニメ少年陰陽師のDVDなのですが、書き下ろし小説やウラ孫CDなどが封入《ふうにゅう》されている豪華《ごうか》版は、初回限定ではないのだそうです。全巻購入《こうにゅう》特典の〆切《しめきり》はもう過ぎてしまいましたが、封入特典つきの豪華版と特典なしの通常版、ともに絶賛発売中です。

全巻あさぎさんの美麗《びれい》な描《か》き下ろしジャケットですので、それだけでも一見の価値ありです。

今回の表紙もため息が出るほど美しくて、惚《ほ》れ惚れしてしまいました。いつもありがとうございます。

原作イラストのグッズも新作が出ましたので、少年陰陽師公式サイトでチェックしてみてくださいませ。ようやく念願かなって十二神将全員がグッズになりましたよ。

http://seimeinomago.net/（PC&モバイル共通URL）

そろそろ紙面も尽《つ》きて参りました。

玉依編第二巻、いかがだったでしょうか。

伊勢《いせ》に赴《おもむ》く前に都でひと波乱。出立すると都組は出てこないので、行成さんやとっしーたちにスポットを当ててみました。

いままで見えにくかった今上《きんじょう》の帝《みかど》の人柄《ひとがら》も、少しは伝わったかと。公《おおやけ》の立場にある者は、心を殺さなければいけないことが多々あって、いつの時代もそれは変わらないのだろうなと思います。

ぎりぎりの均衡《きんこう》を保っていた昌浩と彰子。それが崩《くず》れかけてきて、ふたりはどうなっていくのでしょうか。

そして、脩子を待っている斎《いつき》の思惑《おもわく》はどこにあるのか。

展開を組み立てていてしみじみと思うのですが、少年陰陽師は本当に登場人物が多い。何しろ、メインの人間だけで三人、十二神将というくらいだから十二人にプラスもっくん。にーちゃんたち都組、雑鬼《ざつき》ーずに神々、道反の面々に敵方の人間たち。これからもきっとどんどん増えます。

文庫に出にくいキャラは雑誌で活躍させたいと思っています。

ザビでは現在、若かりし頃の晴明を主役にした話を連載《れんさい》しているので、そちらもチェックしてみてくださいませ。

晴明編は晴明編で、今後色々な話が展開していくのではないかと。

大陰陽師《おんみようじ》と謳《うた》われるようになるまで、晴明とて様々な経験をしたのでしょうし。

ようやくじい様が昔語りをしてくれるようになったので、徐々《じよじよ》に皆《みな》さんにお見せしていこうと思います。

いやはや、書きたい話はいっぱいだ。これから先も、お付き合いいただければ幸いです。

とりあえず、まずは次巻で無事にお会いできますように。
ちゃんと出るといいなぁ……。

結 城 光 流

結城光流公式サイト『狭霧殿《さぎりでん》』http://www.yuki-mitsuru.com/

「少年陰陽師　愁いの波に揺れ惑え」の感想をお寄せください。
おたよりのあて先
〒102-8078　東京都千代田区富士見2-13-3
角川書店ビーンズ文庫編集部気付
「結城光流」先生・「あさぎ桜」先生
また、編集部へのご意見ご希望は、同じ住所で「ビーンズ文庫編集部」
までお寄せください。

BEANS BUNKO

少年陰陽師《しょうねんおんみょうじ》

愁《うれ》いの波《なみ》に揺《ゆ》れ惑《まど》え

結城光流《ゆうきみつる》

角川ビーンズ文庫　BB16-28　　15171

平成20年6月1日　初版発行
平成23年8月30日　5版発行

発行者―――井上伸一郎
発行所―――株式会社角川書店
東京都千代田区富士見2-13-3
電話/編集(03)3238-8506
〒102-8078
発売元―――株式会社角川グループパブリッシング
東京都千代田区富士見2-13-3
電話/営業(03)3238-8521
〒102-8177
http://www.kadokawa.co.jp
印刷所―――暁印刷　製本所―――BBC
装幀者―――micro fish

ISBN978-4-04-441630-0 C0193 定価はカバーに明記してあります。